COLLECTION FOLIO

Christian Bobin

Louise Amour

Édition revue par l'auteur

Gallimard

J'étais tombé amoureux de Louise Amour avant de la connaître : son nom, plus aveuglant pour moi que la clarté laiteuse des roses trémières ou que la pellicule d'or dont les moines recouvraient le bois de leurs icônes, était apparu à côté du mien sous la rubrique « Senteurs » du magazine *Roses de France*, revue confidentielle à laquelle m'avait abonné ma passion pour cette fleur. Nos deux noms, séparés par une simple virgule, s'avançaient vers le lecteur comme deux mariés sous une voûte de papier glacé. Il était écrit que Louise Amour, créatrice de parfums aussi renommés que *Jamais* ou *Absente*, venait d'en inventer un nouveau nommé *Madone*, en s'inspirant d'un de mes livres. J'étais présenté comme un jeune penseur plein d'avenir. Il n'y avait pas de photographie de Louise Amour dans ce journal, mais l'éclat discrètement ensauvagé de son nom me fascina plus qu'une image.

Ma vie s'était passée dans les livres, loin du monde, et j'avais, sans le savoir, fait avec mes lectures ce que les oiseaux par instinct font avec les branches nues des arbres : ils les entaillent et les triturent jusqu'à en détacher une brindille bientôt nouée à d'autres pour composer leur nid. J'ouvrais les livres avec avidité et, qu'ils disent le vrai ou le faux, qu'ils parlent d'une sainte triomphant des ténèbres par sa modestie ou qu'ils racontent la passion d'un jeune poète pour une femme irréelle, je les mâchais, je défaisais les histoires de leurs cosses et j'emportais la splendeur germinale de quelques noms — Blanche, Yseult, Béatrice, Héloïse — pour en tapisser ma poitrine, en faire un nid qui protégerait mon cœur du froid du monde.

Louise Amour, ce nom parfait, synthèse de tous les noms rêvés, essence de tous les noms mystiques, vint à moi comme un infirmier vêtu de blanc pour me fermer les paupières et m'emporter dans une nuit délicieusement sans fond, royaume consanguin de la beauté, de la chair et des femmes. Toute une vie peut, en une seconde et sur un détail minuscule, basculer dans la lumière ou les ténèbres, comme un dé qui va ouvrir les chemins de la fortune ou de la ruine, lancé d'une main ferme sur un tapis vert, achevant sa course en dévoilant sur sa face supérieure le 6 ou le 1. C'est ainsi que, deux jours après avoir vu mon nom briller au côté de celui de Louise Amour, je reçus d'elle une carte où elle me demandait l'autorisation de citer une de mes phrases pour une brochure publicitaire. Elle m'invitait également à venir la voir. La carte était un peu plus grande qu'une carte de visite. Un papier blanc, mat, légèrement moucheté de particules jaunes, comme ces brins de paille qu'on voit dans les tableaux anciens, ensoleillant les cheveux d'une paysanne. L'écriture de Louise Amour était fine, déliée, artistement appliquée. Sa signature avait la puissance exaltante du 6. La main qui avait lancé le dé s'était ouverte il y a trente ans. Pendant trente ans le dé avait roulé, promettant de s'arrêter et ne s'arrêtant jamais. Aujourd'hui, alors même que je n'attendais rien, et peut-être précisément parce que je n'attendais rien, la partie commençait.

Je gardai ce carton dans ma poche après avoir failli, dans un premier temps, le jeter. Bien évidemment je lui dirais non : si j'écrivais, c'était pour fuir le monde, pas pour le servir. J'irais la voir et lui donnerais les raisons de mon refus. Je lui parlerais de ma répugnance pour le monde du luxe où l'on accorde plus de soins à une montre ou à un carré de soie qu'à un mourant. Je lui parlerais aussi du monde trompeur des images sur lequel j'avais souvent écrit. L'invisible qui seul existe est protégé par la peau du visible et c'est cette peau, mince et délicate, que les images mercantiles détruisent en croyant la flatter. Un visage trop souvent photographié perd peu à peu son secret, et la gloire signe la disparition des personnes : triompher dans le monde, c'est avoir tout perdu. Voilà à peu près ce que je pensais et m'apprêtais, un peu pompeusement, à développer, même si une chose plus forte et plus consolante que la pensée venait d'entrer en moi.

Dans la coque de mon crâne, le nom de Louise Amour tournait comme une toupie, expulsant toutes les pensées anciennes dans sa périphérie, comme la rengaine d'une boîte à musique dont le couvercle, finement ciselé et orné d'un miroir en son centre, aurait servi de scène à une ballerine automate infatigable — Louise Amour, Louise Amour, Louise Amour.

Possédés, aveuglés, soûlés par leurs propres cris, ils couraient en tous sens, martyrisant par la violence de leurs hurlements et leurs gestes désordonnés de noyés les derniers atomes de calme qui auraient pu se réfugier dans les larges feuilles des platanes. Lancés les uns contre les autres comme des boules de billard, ils se heurtaient et se repoussaient aussitôt, allaient en heurter d'autres. Et ils riaient. Leur joie me terrifiait. J'avais leur âge. Combien étaient-ils ? Impossible à dire, je ne savais pas compter et d'ailleurs leurs petites singularités de visages ne suffisaient pas à les doter d'une existence individuelle : ensemble ils ne faisaient qu'un, et ce bloc granitique, aveugle et sourd, cette roue de bois géante, cerclée d'acier, écrasant tout sur son passage, fut ma première découverte de ce que, plus tard, j'appellerais « le monde ». La cour de la maternelle où avait lieu cette révélation était aussi grise qu'une cour de prison. Les hurlements des enfants montaient à deux mètres de hauteur, puis ils se croisaient et s'immobilisaient, formant un grillage invisible qui empêchait le ciel de descendre. Par leurs mouvements saccadés, incessants, les enfants secouaient de leurs épaules l'ange qu'ils avaient à charge de porter, espérant qu'il tombe et fracasse sa tête sur le sol goudronné. Ils parvenaient très bien à leur fin : la cour était parcourue par des assassins de cinq ans. Politiciens, économistes, hommes d'affaires, les futurs maîtres du monde étaient déjà là, la morve au nez et les genoux cagneux.

Je cherchai un appui, je le trouvai chez un enfant assis dans un coin, que ces jeux barbares ne divertissaient pas. Je le persuadai de s'évader avec moi. Il y avait sous l'école une cave où était entreposé du charbon. Nous allâmes nous cacher derrière une montagne de petits boulets noirs. Pendant une heure je connus le profond bonheur d'être introuvable, séparé du néant du monde par un fin nuage noir, formé par la poussière de charbon que nos pieds, agités de fourmillements, soulevaient.

Il y eut encore, un an plus tard, une fugue avec une voisine âgée de six ans. C'était un jour d'été orageux. La chaleur faisait s'allonger chacun sur un lit dans la pénombre, et devenir un gisant. Nous partîmes durant la sieste de nos parents, légers comme deux orphelins. Ma petite compagne avait les cheveux en broussaille et des cernes sous les yeux. Elle était la reine des flaques d'eau : elle n'en manqua pas une sur le chemin et me fit découvrir la joie innocente de sauter dedans à pieds joints, ressuscitant chaque goutte d'eau en la faisant jaillir vers le ciel d'où elle était tombée. Les portes du paradis s'ouvraient sans bruit devant nous. Les fenêtres des rues pauvres fredonnaient de vieilles chansons françaises. Mon âme s'enchantait de voir les rues perdre leur raideur en se diluant dans la campagne où les pissenlits au jaune humide venaient d'être peints par un angelot barbouilleur. Puis les fleurs des prés s'éteignirent une à une. Nous fûmes arrêtés au crépuscule, dans une auberge où nous étions entrés pour mendier du pain.

Les fugues cessèrent, pas ma détestation du monde et des adultes — ces gens qui s'embrassaient sans s'aimer et se parlaient sans rien se dire. Je refusais obstinément de vivre dans l'antarctique des gens normaux. J'entrais en rage quand, malgré tout, il me fallait affronter une de ces situations où tous devenaient faux, même mes parents. Par représailles, je rapportais aux uns ce que les autres disaient d'eux en leur absence, ou bien je me réfugiais sous la table, ou encore je décidais de me tuer en avalant ma soupe sans respirer. Mes colères étaient aussi puissantes que celles de Dieu. Avec la boule psychique de mes sept ans — semblable au bélier qui sert à effondrer les murs — j'aurais pu détruire une maison, quitte à périr dessous. Je me contentais le plus souvent, avec la plus grande violence possible, de claquer les portes : les murs tremblaient et, chaque fois, le crucifix accroché au-dessus de la porte de la cuisine — sur lequel un christ maigre et crispé comme une allumette brûlée veillait sur les miracles de la vie ordinaire — se balançait quelques secondes et s'immobilisait de travers. Mon père sans élever la voix remettait le crucifix en place, redonnant sa parfaite verticalité à celui qui, deux mille ans après son supplice, venait de recevoir un nouveau coup qui, peut-être, le ressuscitait : le Christ — mais je l'ignorais alors — était le compagnon de fugue idéal et personne n'avait jamais prétendu qu'une résurrection devait être suave et paisible.

Je ne voulais que respirer et, dès que je sus lire, je partis dans le grand air des livres. Je me fis un capuchon de papier-livres que je rabattis sur ma tête et, assis sur une marche d'escalier ou allongé sur un lit, je lus pendant des années, cherchant sans impatience le ciel, les anges ou même les morts : tout sauf le monde.

J'avais trente ans et je n'étais pas encore né. Je vivais en célibataire. Dans la journée je faisais des études de théologie, en autodidacte : j'avais mis les pieds dans une faculté, j'en étais sorti une heure après. Tous ces gens avaient un visage plombé par l'esprit de sérieux. La sagesse était de les fuir, le seul sérieux que j'aimais étant celui des bébés. Le midi je revenais manger chez mes parents vieillissants et le soir je regagnais ma chambre à l'autre bout de la ville où j'écrivais, tard dans la nuit, des phrases sur Dieu, le ciel et le vide.

J'avais publié deux livres. Ils avaient été remarqués dans un milieu d'érudits et un court article avait été écrit sur eux dans une revue de théologie vendue par abonnement, qui devait compter, tout au plus, mille lecteurs. J'avais relu dix fois de suite cet article pour vérifier qu'il s'agissait bien de moi et que mon nom tenait solidement dans le texte comme un clou enfoncé profondément dans une paroi de plâtre, pour y accrocher un tableau. J'en avais conçu un plaisir vite évaporé : d'être fêté, même aussi légèrement, ne pouvait réduire la distance qu'il y avait toujours eu entre moi et le monde. Les louanges sont des flèches dont la petite pointe d'or est trempée dans du poison. Elles ne pouvaient m'atteindre. À vrai dire, rien n'aurait pu franchir la mince paroi de verre qui depuis trente ans me protégeait de la folie des hommes. Il m'arrivait bien de la traverser sans la briser, pour serrer un proche dans mes bras et l'entendre parfois mieux qu'il ne s'entendait lui-même, mais c'était pour très vite regagner mon royaume de verre et ne plus donner de mes nouvelles pendant des mois. C'était ainsi : personne n'avait pu encore me lier. Lire les vies des saints et écrire sur la lumière poudreuse de leurs auréoles était le moyen que j'avais trouvé pour ne pas entrer dans un monde que je sentais menaçant et cruel. Les conventions écrasaient les visages. L'écriture les défroissait et leur rendait leur vraie clarté. Je m'étais choisi pour maître en écriture le Christ qui n'avait jamais rien écrit sinon une fois, sur le sable : deux mille ans après avoir passé ses lèvres, sa parole avait gardé toute sa fraîcheur. La théologie n'était pas pour moi une science mais un buisson ardent de rêverie. Chaque fois que j'ouvrais les Évangiles, je voyais tomber des pages des bleuets, des stellaires et des coquelicots. Avoir en écrivant l'autorité absolue d'une pâquerette, telle était mon ambition. Je me doutais bien que Dieu n'allait pas jaillir des livres qui lui étaient consacrés, comme un diablotin bondissant sur le ressort de phrases argentées. Les écritures des saints parlaient d'une absence plus lumineuse que tous les biens de ce monde. Leurs phrases étaient comme les fils d'un cerf-volant flottant trop haut dans le ciel pour qu'on le vît à l'œil nu. Ces livres me faisaient rêver autant que, pour une mère, une boucle de cheveux de son enfant, coupée quand il était petit et glissée dans une enveloppe.

Je voyais mes parents vieillir au ralenti devant moi, tous les midis. « Mange bien, me disait mon père : c'est fatigant, ton travail. » J'écoutais les voix enfouies des mystiques qui avaient jeté leur fortune dans le ciel et qui parfois ne savaient plus la retrouver. J'avais vécu ainsi trente ans. J'aurais pu en vivre trois mille de la même façon. Parfois le miracle d'une neige, la vision éblouie de la pointe brûlante d'un flocon dont je devinais qu'il était composé avec autant de rigueur et de secrète joie que les vitraux de Moyen Âge, ou bien simplement la rude et paternelle main du vent dans mes cheveux — oui, parfois, quelque élément très matériel du ciel venait me rappeler l'existence d'une autre vie où tout eût été réel et non livresque en même temps que grave et aérien. Mais à trente ans un homme est dans la plénitude de ses forces et il faudrait plus qu'un ange, fût-il vêtu de neige, pour le sortir de son rêve.

Je m'étais fait dans mon enfance une idée de la beauté qui ne devait rien aux visages hautains des vendeuses de parfumerie ni aux vitrines ruisse-lantes de lumière des bijouteries, et tout aux moi-neaux que je voyais par la fenêtre de ma chambre se poser sur les larges fleurs roses d'un hortensia, aussi légères et diaphanes que les dentelles d'un nouveau-né à son baptême, illuminées par des milliers de gouttes de pluie. J'avais grandi dans cet émerveillement que donne la pauvreté mariée avec l'amour : l'argent manquait souvent mais l'amour qui brûlait entre mes parents, et d'eux à moi, donnait aux vitres de la maison un brillant de rivière. La rudesse distraite de quelques fleurs des champs dans un ancien verre à moutarde, leur allure invinciblement libre composaient un bou-quet d'un éclat bien plus pur que celui des roses rouges martyrisées par l'industrie, glacées, gar-rottées — leur teint violacé ne disant plus un incendie mais une apoplexie qui leur ferait sous peu choir lamentablement la tête —, mises en rond sur les tables d'apparat dans les grands restaurants.

Dans ces années-là, ma mère faisait des travaux de couture pour compléter les ressources familiales. Des dames venaient à la maison lui apporter des tissus dont elles lui demandaient d'extraire, comme si elles y eussent été déjà en creux, des robes pour un mariage ou une fête quelconque. Je regardais, fasciné, les doigts ailés de ma mère passer l'aiguille dans la soie colorée et je voyais la robe désirée apparaître peu à peu, comme l'enveloppe d'une montgolfière que l'air chaud commence à tendre et à élever contre un ciel jeune. Je rêvais sur ces robes, sur celles qui les porteraient et plus encore sur ma mère et son visage éclairé par son souci de bien faire comme par un chandelier d'or. À l'instant où ma mère, en le pinçant entre ses lèvres, humidifiait le fil de coton pour le faire pénétrer plus aisément dans le chas de l'aiguille, à cet instant-là je savais que tout avait un sens et que l'univers, avec son infini d'étoiles éparpillées dans la nuit, prenait comme repère, comme centre et comme axe, les lèvres légèrement blanchies de ma mère et le minuscule lézard argenté de l'aiguille, vibrant entre ses doigts. Ce n'est pas Dieu qui est au centre de l'univers et ce n'est pas nous non plus. Ce sont seulement nos gestes quand ils sont appliqués au simple et à l'utile. Ma mère m'avait ainsi donné à son insu mes premiers cours de théologie, et les diamants que, devenu adulte, j'extrayais des livres profonds, la contemplation d'une femme à son ouvrage quotidien me les avait déjà offerts. Mon père aussi, par l'égalité de son humeur, m'apprenait quelque chose du ciel. J'aimais le voir faire la vaisselle et, le soir, passant lentement sa main sur chaque assiette de porcelaine à petites fleurs, rutilante sous l'eau chaude et claire, l'entendre dire : « C'est comme si je passais la main sur la journée. »

Le visage d'une mère est pour l'enfant son premier livre d'images. Ma mère avait un visage de bon pain et j'aimais, quand elle me soulevait de terre et me portait à la hauteur de ses yeux, tapoter de mes doigts boudinés de garçon de trois ans la mie de ses joues claires. Un peu plus tard, quand je commençai à écrire, vers six ou sept ans, je m'amusai à dessiner de mes doigts quelques mots sur ses joues. Elle fermait les yeux, me laissait faire puis, sans jamais se tromper, disait à voix haute le mot que je venais d'appuyer sur sa chair : eau, feu, terre, lune. Ainsi, celle dont la patience m'instruisait sur l'éternel était-elle devenue ma première page blanche.

Pour l'heure j'étais bien loin de toute sagesse d'écriture ou de lecture : essoufflé, exalté et craintif, je faisais mes premiers pas dans un autre monde que celui où j'avais grandi. Marcher dans Paris ne m'était pas agréable. C'était comme obéir à un monstre qui m'imposait un pas rapide et me jetait sans arrêt au visage des milliers de visages, tous possédés par la même fièvre qui remplissait les vitrines et faisait rouler les voitures. « Vendre, acheter, paraître, écraser » : voilà ce que me chuchotait sans fin la ville barbare. J'entrai dans une petite cour pavée, bombée de silence gris. Je me trouvais devant une maison de trois étages. Des herbes folles entre les pavés et du lierre courant sur la façade donnaient à ce lieu un calme presque champêtre. Sur une plaque dorée à l'entrée de la maison, je vis le nom de Louise Amour et, à peine gravée, comme flottant au-dessus de l'or, la silhouette d'un flacon de parfum. Je montai en courant deux étages, je sonnai à la porte. Un homme vint m'ouvrir, il se présenta à moi comme l'associé de Louise Amour. Celle-ci n'était pas là mais ne saurait tarder. Je fus conduit dans un salon dont le décor était d'un dépouillement monacal : parquet de vieux chêne ciré, fauteuils en osier, fenêtres aux encadrements peints en rose, donnant sur les feuillages dorés et les branches argentées des bouleaux de la cour intérieure. Le cœur dans un tel endroit se mettait à battre plus lentement. J'appris plus tard que Louise Amour elle-même avait conçu ce salon installé sur le vent et le ciel.

L'associé de Louise Amour me dévisageait sans me voir. Elle lui avait parlé de mes livres. Il avait eu devant moi, à mon entrée, le même sourire que l'on a devant un serviteur particulièrement maladroit et mal vêtu. Plus que dans ses vêtements ou dans ses gestes, la force d'un homme, le tuteur invisible autour duquel s'enroule son âme, se voit dans ses yeux. Les yeux de cet homme-là disaient, en même temps qu'une noblesse de classe, une impatience sans cesse contenue. J'avais grandi à la campagne. Je me sentis, dans ce lieu et devant cet homme, maladroit et disgracieux — comme une tasse en plastique dans un magasin de porcelaine. Une demi-heure passa que nous remplîmes tant bien que mal en échangeant des mots sans vie. Je me levai, promettant de revenir et bien certain de ne pas le faire quand j'entendis dans l'entrée la voix de Louise Amour.

Louise Amour entra dans le salon, précédée par son sourire. Il me sembla aussitôt qu'une lame de couteau délicatement s'enfonçait dans ma poitrine, détourait mon cœur, que deux mains gantées de blanc le saisissaient, le sortaient de sa cage d'os et le faisaient rouler — comme ces ballons en mousse colorée qu'on donne aux enfants en bas âge — aux pieds de la jeune femme sans qu'elle parût s'en émouvoir (à peine un battement de cils, et une lueur d'amusement dans ses yeux, vite réprimée).

Quand elle fut assise sur le divan, son sourire qui ne l'avait pas quittée se déploya autour d'elle en cercles d'or concentriques, légèrement tremblants sur leur bord extérieur et diffusant dans tout le salon une atmosphère de spiritualité aimable dont elle était la source, l'inspiratrice et la souveraine. Je me sentis en la voyant plus pauvre qu'un orphelin. La douceur qui émanait d'elle, de sa chair, de ses vêtements, de ses manières, m'accablait et me comblait tout à la fois. Louise Amour était partout, sur le divan mais aussi dans mon crâne, assise sur les moelleux replis de mon cerveau où elle croisait et décroisait ses jambes. Il n'y avait plus personne au monde. Il n'y avait plus qu'elle seule. Le monde entier venait de s'effacer comme un mot mal orthographié au tableau, sous une éponge tenue par une institutrice aussi rayonnante qu'une déesse. À présent j'allais vraiment apprendre à lire et je commençais enfin à naître, contemplant, avide et terrifié, le visage et le corps d'une géante. Elle était le mal le plus grave qui puisse m'arriver, en même temps que le seul remède à ce mal.

Je devins fou et personne ne s'en aperçut : le visage de Louise Amour remplissait le monde à ras bord. Il n'y avait plus rien d'autre. J'étais moins que l'air qui baignait ce visage, moins que la lumière qui ricochait sur lui. Les yeux de Louise Amour étaient deux bijoux de flamme brune, dorée, semblables à deux noisettes, sertis dans l'ovale d'une chair pâle, enfantinement bombée aux joues comme les pétales d'un lys. Sur la joue gauche, au-dessus des lèvres qui n'étaient pas maquillées, une fossette orpheline, minuscule et affirmée comme le poinçon par lequel un ébéniste signe discrètement la perfection de son ouvrage. Ses cheveux noirs, longs et souples, luisant comme une rivière de corbeaux, la déshabillaient autant qu'ils l'habillaient. Ils donnaient envie de la voir nue, ils étaient le cadre, les rives entre lesquelles on imaginait le fleuve de cette nudité. Mais la beauté charnelle ne semblait être chez Louise Amour que la servante d'une puissance bien plus considérable encore, celle de son âme et de ce qui m'apparut alors comme une bonté ruisselante : quand ses yeux se tournaient vers moi, j'existais plus noblement et plus sûrement qu'un ange auprès de Dieu.

Son sourire surtout me fascinait. Il enveloppait son visage d'une chaste cornette de lumière. Il allait vers moi par vagues incessantes, la première m'éclaboussant le visage et le rafraîchissant, tandis que la deuxième, au loin, déjà s'élançait. Il semblait me dire : je suis là pour toi seul, je pousse mes rayons partout dans les ténèbres de ton âme, je ne veux que ton bien, je suis ton bien, sois heureux, tu m'as trouvé. Jadis les rois entraient dans les villes conquises, annoncés par les rumeurs d'abord lointaines et feutrées, puis proches et tonnantes de leurs tambours, escortés par la nuée colorée de leurs soldats. Son sourire était la garde de Louise Amour — ses valets invisibles, ses anges aux trompettes d'or, ses soldats aériens. Ils lui ouvraient tous les chemins, faisaient tomber toutes les murailles.

Louise Amour m'invita à la fête de création du parfum, m'interrogea sur les écrits de saint Jean de la Croix, mystique dont j'avais toujours refusé de parler en public. Je lui en parlai en détail. Plaire, plaire, plaire. Je voulais plaire à celle qui, à l'instant où elle était entrée dans cette pièce, m'avait collé à son sourire, comme une poussière de fer soudainement plaquée à une masse aimantée. Je voulais gagner les faveurs de celle qui, alliage sublime, présentait en elle la bonté avec la beauté : ne voulait-elle pas créer un parfum à base de rose et de lys précisément parce que l'époque demandait, à l'inverse, des parfums vénéneux, ténébreux, assassins ? C'est du moins ce qu'elle m'expliqua : « Je voudrais recréer ce genre de parfum que nos grand-mères portaient dans leur jeunesse. » Je pensai qu'il fallait être candide pour croire que ce monde noir pouvait s'agenouiller devant une odeur de rose fraîche, mais quoi de plus lumineux que la candeur ? « Tenez, me dit-elle, voici une relique. » Elle prit sur l'étagère de marbre, au-dessus de la cheminée, un flacon de parfum, vide — un lourd diamant de cristal enchâssé dans un

30

écrin de velours bleu nuit. Sur l'étiquette je lus : *Vers la joie.* « C'est une création de 1926. Je rêve d'un produit semblable : le ciel pour chacun, à portée de main. » Je regardais en l'écoutant, mon cœur de mousse poreuse, rouge, de temps en temps écarté par son pied nu, revenant se frotter à lui. Je me levai brutalement comme on s'arrache aux derniers lambeaux d'un sommeil. Je partis léger — et comment partir autrement puisqu'en quelques minutes je m'étais débarrassé de mon âme et de toutes mes coutumes ?

Le nom de Louise Amour, détaché d'elle en avant-garde, était entré dans mon crâne comme dans du calcaire tendre, il y avait percé des trous, extrait une forme qui donnait le volume de la statue à venir, celle qui déjà se dressait sur le socle de mon bulbe rachidien, pesant de toute sa masse sur mes nerfs et ma nuque, éteignant mes réflexes et en réveillant d'autres, archaïques, tout à son service. Sa voix s'était engouffrée comme une abeille d'or dans les alvéoles de mon crâne, et, bourdonnant, infatigable, avait saturé aussitôt toutes mes pensées. Une seconde lui avait suffi pour assurer son triomphe et pénétrer comme une balle dans ma cervelle, perforant mon présent des deux côtés, celui du passé et celui de l'avenir : je n'étais plus un théologien, je n'étais plus à la recherche de Dieu, je n'étais plus l'enfant attardé de mes parents. Je n'étais plus que le servant de Louise Amour, son auditeur pétri d'adoration.

Qu'y avait-il dans cette voix qui me fascina à ce point ? Il y avait un suave mélange de miel, d'ombre humide comme peut en donner le feuillage d'un saule pleureur, et une lenteur aussi, une lenteur qui semblait soustraire celle qui parlait à l'impatience vulgaire de ce monde. La voix de Louise Amour était comme la promesse lointaine — aussi lointaine que les étincelles d'un ciel d'orage — d'une jouissance surabondante. Si les yeux de Louise Amour étaient souvent baissés, c'était par pudeur. Sa voix, sans qu'elle eût jamais besoin de la forcer, promettait des fêtes charnelles à faire rougir les anges.

Ma mère était mélancolique. J'étais l'enfant élu de cette mélancolie. J'avais un frère et une sœur plus âgés que moi. Quatre et huit ans me séparaient d'eux, autant dire quatre et huit siècles que nos rires, parfois, traversaient en une seconde. Quand le chagrin sans cause apparente s'emparait de ma mère, un voile de deuil passait devant ses yeux pour en retirer tout éclat. À quoi pensait-elle alors ? Je l'ignore mais j'étais sûr qu'elle ne pensait plus à moi et cette certitude me remplissait de terreur : j'étais pour quelques minutes l'enfant d'une mère qui avait oublié qu'elle avait un enfant. Alors je m'activais, je devenais l'enfant de chœur de cette cérémonie funèbre, le chevalier servant de cette princesse à la plus haute tour, le clown minuscule au chevet de cette agonisante. Et le miracle tôt ou tard arrivait : je parvenais à la faire rire, elle remontait de son enfer et jetait un œil attendri sur moi, se souvenant m'avoir mis au monde. Bientôt, elle se réinstallait dans sa place de mère et je pouvais revenir à l'insouciance de manier une épée de bois ou d'écouter un soldat de plomb répondre à mon interrogatoire sévère. La mélancolie aux griffes de chat se rendormait, je jouais sur le gravier de la cour intérieure, ma mère allumait un poste de radio et préparait un gâteau de riz, tout allait presque bien — presque, car j'avais à nouveau éprouvé le peu de solidité du monde, j'avais vu ce qu'un enfant ne devrait jamais voir : qu'il n'y a pas d'adultes et que la main invisible qui nous tient dans sa paume blanche au long des jours peut, n'importe quand, se crisper affreusement.

J'ai peu de souvenirs de ces années d'enfance : il me semble qu'une neige épaisse, tombée d'un ciel invisible, recouvrait tout ce que je pouvais ressentir à l'instant même où je le ressentais. Aujourd'hui, si je me tourne vers cette région des premières années, je ne découvre que le violent éclat d'une neige éternelle qui a pris en elle, effaçant leurs angles et leurs singularités sous sa lumière blanche, les visages qui m'éclairaient, les écoles où je patientais, les rues où je n'aimais guère m'attarder, la chambre où je me rendais inatteignable et, bien sûr, tous les mots de tous les livres que j'avais lus avec passion. J'avançais d'année en année sans que nul ne s'aperçoive de cette merveille : tout ce que je touchais, mais aussi tout ce que je voyais, se transformait aussitôt en neige, et les pas que je faisais dans le temps ne laissaient aucune empreinte derrière moi. Ma vie demeurait vierge, personne n'avait de prise sur elle. Même le nid des hirondelles dans le couloir donnant sur la cour intérieure, petite bourse remplie de piaillements, minuscule hotte faite de boue séchée, plâtreuse, de paille humide et d'excréments, oui, même ce nid plus noir que l'encre noire était dans mes yeux d'une blancheur poudreuse, farineuse, et blanches aussi les ailes coupantes, blanc le corps en fusée et blanche la tête aiguë de la mère hirondelle qui, dix, cent, mille fois par jour, surgissait de nulle part et s'engouffrait dans ce couloir, tenant dans son bec de quoi apaiser la furie de ses enfants — trois becs blancs piaillant sans que nul ne les entende car la neige, on le sait, étouffe un à un, au berceau, les bruits du cœur comme ceux du monde.

Tout amour touche en nous à l'enfance, c'est à elle qu'il s'adresse et c'est sur un tel fond de blancheur que s'imprima soudain le visage en or de Louise Amour : je crus qu'il y avait dans son sourire assez de chaleur pour faire fondre toutes les neiges et, avec elles, toutes les noires mélancolies des mères hirondelles.

Je n'avais pas toujours écrit sur Dieu. À vingt ans j'avais écrit une fable dont aujourd'hui seulement, dix ans après, j'avais la clé : c'était l'histoire d'un enfant en osier. Ses bras, ses jambes, sa tête, tout de lui était en osier avec, à la place du cœur, visible à travers les brins entrecroisés qui composaient sa poitrine — un nénuphar. Les enfants du voisinage, cruels, se servaient de lui comme d'un cerf-volant. Par chance il se prenait dans un arbre d'où son père le retirait. Cette histoire était la mienne : je rêvais désespérément de légèreté. Je n'étais fait que de ce rêve. J'en trouvais la figure exemplaire dans la fleur en étoile du tilleul argenté quand elle se sépare de son arbre, tourbillonnant silencieusement dans l'air, avec une grâce qui donne à sa brève autonomie la durée de plusieurs siècles. J'aimais aussi contempler le lainage ensoleillé du mimosa, si fin qu'un simple regard l'effilochait.

ourd que, pour le fuir, je
r qu'à ce qui, sur terre, me
ant, le plus poreux : la neige,
n-nés, les noisettes enchâssées
vert clair, les moineaux dont les
se souvenaient du ciel et les
livres su es livres d'où parfois sortait, quand
on les ouvrait, un nuage d'un blanc pur dont la
forme rappelait celle d'un visage bienheureux. Un
enfant ne sait pas que le jour qu'il vit est extraor-
dinaire et qu'il ne reviendra plus jamais. Un jour,
en me retournant sur ces premières années, je
découvrirais que ce temps réputé le plus vivant
n'avait été occupé par moi qu'à lire dans le secret
d'une chambre, en proie à des joies et à des ter-
reurs de papier.

L'absence montait parfois dans les yeux de ma
mère comme l'eau dans un verre et, débordant,
elle inondait bientôt tous ses traits : j'avais assisté,
enfant, à ce drame minuscule où la vie sombrait
en une seconde, victime d'un tremblement de
paupière ou de la faille d'amertume, vite apparue,
vite disparue, au bord d'une lèvre. Tout visage qui
depuis donnait à voir un nouvel acte de ce drame
trouvait en moi un spectateur ardent. La pâte des
visages féminins, comme d'un mélange de blanc

d'œuf et de farine, provenait toujours du même composé d'absence et de fine volonté de plaire. Seules, d'une femme à l'autre, variaient les proportions des ingrédients. Plus une femme m'apparaissait rêveuse, retirée derrière la brume de son regard comme une reine dans ses appartements privés, et plus son visage me fascinait, grandissait dans mon esprit comme celui d'une géante, m'invitant à m'approcher d'elle et à marcher pieds nus sur le marbre dont elle était faite, jusqu'à m'y perdre et me coucher, transi de froid, ma tête appuyée au lobe d'une oreille ou sur la pointe en barque d'un sourire et enfin là, mourir comme on s'endort. Mais aucun visage féminin ne m'avait encore donné autant de lumière que la simple vision d'un flocon de neige ou que la lecture ardente de la vie d'abnégation des saintes.

Louise Amour, descendant sur terre pour m'attirer à elle, était comme sortie de ces jours et ces nuits de lecture. Elle exauçait mon rêve de légèreté jusque dans le métier qui était le sien : créer des parfums c'est-à-dire offrir à la matière le corps le plus aérien qui soit. Son nom à lui seul était le gage de sa bonté. Jamais je ne vis d'aussi parfaite absence que sur ce visage. Son sourire était un leurre lumineux. Les parfumeurs distinguent dans un parfum trois notes, trois épaisseurs de la matière, de la peau à son âme. Les notes de tête sont celles immédiatement délivrées, fraîches et vite disparues. Les notes de cœur, plus fortes, signent le parfum. Enfin les notes de fond donnent un arrière-plan solide, tenace. Le sourire était la note de tête de Louise Amour. La nonchalance, un brin de paresse et une pointe de bienveillance composaient ses notes de cœur. L'absence et l'irréel faisaient ses notes de fond.

« Un parfum de rose fait le fond de cette vie » :
cette phrase, écrite par moi un jour de joie secrète,
à présent imprimée en italique orange sur un fond
bleu nuit, flambait en tête de la brochure qui,
bientôt, accompagnerait la sortie de *Madone*.
Cette vision m'attrista : j'avais enfermé dans cette
phrase un trésor d'enfant. Je le voyais aujourd'hui
trahi, devenu bagatelle esthétique agrémentant
une réception mondaine. Une seconde me vint le
désir de renoncer à tout. À la seconde suivante le
sourire de Louise Amour survint, balayant toutes
mes réticences et je fis taire en moi celui qui,
depuis toujours, savait que la plus grande gloire
est de n'être connu de personne.

Je marchais aujourd'hui vers la demeure pari-
sienne de Louise Amour dans le cinquième arron-
dissement. J'aurais aimé écrire, et cela eût été plus
conforme à la vérité invisible : je volais vers sa

demeure. J'avais finalement donné mon accord pour les citations prélevées dans mes livres et, en échange, elle m'avait invité à venir la revoir « quand je le souhaiterais ».

Louise Amour avait elle-même rédigé le texte de la brochure. Elle avait mélangé, phrase à phrase, les vertus de la pensée aride et les charmes de la chair parfumée, baignée, caressée. D'une main de fée, elle avait trouvé dans mes livres des citations pouvant convenir aussi bien à Dieu qu'à une élégante des beaux quartiers. C'était mieux qu'habile : convaincant. La chair se teintait de ciel. Elle ne pesait pas plus qu'une cuve remplie de roses thé, et le ciel — ou, si l'on veut, son plus fidèle messager : la pensée désintéressée — prenait des couleurs, comme une jeune fille un peu trop sage qui s'enhardit et, rougissante, ose un geste sensuel. Sous un tel éclairage, on ne savait plus qui s'élevait et qui s'abaissait, de l'âme et du corps. L'argument était renforcé par une image : quelques angelots aux joues rougies comme sont les joues des femmes après l'amour, papillonnant autour d'une madone peinte par Raphaël — j'allais écrire : « élevée » par Raphaël, tant il me semblait que ce peintre, comme beaucoup de ses collègues italiens, avait couvé une multitude de madones, chacune nourrie au grain sous la lumière des candélabres, piaillant, serrée contre ses sœurs rivales, son bébé-Dieu dans les bras, avant d'être assez grande pour entrer en triomphe, solitaire, dans le château d'un prince ou dans une salle du Vatican, puis terminant sa carrière après plusieurs dizaines d'années, en goûtant à la fadeur de la vie immortelle, sous les yeux vitrifiés par l'ennui d'un gardien de musée.

La madone de la brochure tenait entre ses bras un flacon de parfum, de la taille et de la forme d'un enfant Jésus. Cette image dérisoire, quand je l'avais découverte, m'avait d'abord blessé, heurtant en moi l'image du Christ enfant — comme si le monde l'arrachait à la paille illuminée de sa mangeoire et le jetait, sans défense, dans la nuit de l'argent et du cynisme. Puis je pensai que la beauté quasi divine de Louise Amour ne pouvait amener aucun mal et, très vite, cette image ne suscita plus en moi qu'un sourire. Des ligues de vertu avaient faiblement protesté contre ce détournement de Sainte Vierge. On ne les écoutait pas : en cette fin de vingtième siècle, on en savait trop long sur la moisissure qui se cache derrière le bien affiché. Les démons aiment à se déguiser en bons pasteurs. Et puis, laissait-on entendre, il n'est plus question d'interdire quoi que ce soit : il ne s'agit jamais que d'un parfum et il n'y a pas là de quoi s'affoler. Les nouveau-nés que les jeunes mères tiennent dans le berceau de leurs bras nus flattent leur fraîcheur de femme, comme peut le faire un parfum rare. Ne dit-on pas que l'enfant, pour une femme, est la « chair de sa chair » ? Eh bien, le parfum *Madone* serait cela même, en plus subtil : non seulement « chair de sa chair », mais « âme de son âme ». Tel était l'argument que Louise Amour avait développé auprès des commerciaux d'abord réticents, puis enthousiastes.

Il y a deux sortes de personnes à qui il est impossible de faire un cadeau : celles qui ont déjà tous les biens de ce monde et celles qui en sont complètement détachées. Mon père, sans être fortuné, rendait très difficile de lui offrir quelque chose : « J'ai tout ce qu'il est possible d'avoir puisque je suis en vie », disait-il. Louise Amour par son aisance me posait un problème semblable. Or je tenais absolument à lui faire un présent qu'elle n'aurait jamais eu. Je trouvai : je ferais avec les écrits des saints ce que les parfumeurs faisaient avec les fleurs : j'en extrairais l'essence, pour le seul plaisir de Louise Amour.

J'avais attendu cette nouvelle rencontre trois semaines durant lesquelles, jour et nuit, j'avais glané dans les livres saints les plus belles phrases.

J'avais ensuite fait imprimer à mes frais un livre qui n'existerait jamais qu'à un seul exemplaire. Les mystiques que j'avais choisis parlaient de la grâce, des nuées, de l'ardente douceur et de la pure espérance. Subtilement agencées, ces pensées composaient, sans que j'y mêle ma voix, une lettre d'amour dont j'allais trouver la destinataire unique, bénie entre toutes les femmes. « Une petite chose », lui dirais-je en la lui offrant, comme si les prophètes et les saints avaient fatigué leur chair, tendu leur volonté et ouvert leur cœur pour m'aider à offrir « une petite chose » — des chocolats pour l'âme.

La clé d'or du sourire de Louise Amour, fine et minuscule comme les clés en laiton avec lesquelles les adolescentes verrouillent le cadenas de leurs journaux intimes, cette clé enfantine du sourire de Louise Amour avait tourné dans la serrure de mon cœur et la porte s'était ouverte d'un seul coup, délivrant, neigeuses comme des colombes, toutes mes pensées de sacrifice, de dévotion et de louange. Je m'appliquais depuis à bien tenir un rôle dont j'avais dans l'enfance appris chaque mot, pesé chaque silence.

Ma mère m'avait doté à ma naissance d'un petit tambour et d'un costume flamboyant de troubadour. Le tambour et le costume avaient grandi avec moi. Je ne m'en étais jamais dépris. Un troubadour est un homme qui chante au monde entier la grâce d'une femme inaccessible, mariée à un autre que lui, mariée, pourrait-on dire, à tous sauf à lui. Cette dame a une première vie réelle, faite de contrariétés, de plaisirs et de souci des premières rides. Cette vie se déroule loin du troubadour. Il n'a rien à en savoir. Il est là pour chanter la deuxième vie de sa dame, pour inventer, en la chantant, sa vie rêvée dans les palais du ciel. Il prend soin, il répare et il brode. Il brode un vêtement d'immortalité, un châle en soie piqué d'or qu'il jettera sur les épaules de la dame idéale dont la forme lisse, vernie, recouvre entièrement la dame réelle, comme une poupée gigogne, au visage impassible, enferme dans sa nuit de bois peint une poupée-sœur, au visage lézardé, plus petite. C'est ce châle en soie que j'offrirais à Louise Amour. Il ne serait pas piqué d'or, mais de mots volés par moi, décloués du ciel mystique où les saints les avaient enfoncés comme des étoiles avec leurs poings nus.

J'avais pendant trois semaines forcé les retraites des ermites, soulevé leurs paillasses à la recherche de leurs pensées les plus fines, les plus secrètes. Je secouais les missels, espérant en voir tomber de l'or. Je cornais une page, j'en froissais une autre, en quête des phrases qui mettraient le mieux en valeur le teint de rose de Louise Amour. J'étais comme ces soudards des guerres du Moyen Âge, entrant à cheval dans les églises, fouillant avec leur épée dans les tabernacles, faisant sauter les émaux incrustés dans une croix pour les jeter à leurs putains.

La beauté aimée par le monde était comme un fauteuil de marbre posé sur la petite herbe de la vie. C'était une autre beauté, ignorée des esthètes, fragile, mouvante, toujours surprenante, que je désirais servir en écrivant. J'en avais fait une première expérience silencieuse dans l'enfance, dans la maison de campagne bressane où mes parents passaient les mois d'été. Il y avait devant cette maison un rosier. Les soirs d'été, à cette heure où le bleu du ciel verse au noir et où les grands arbres frissonnent légèrement sous la fraîcheur, semblables à des géants méditatifs revêtus d'une cape mauve, je voyais les roses comme si elles m'avaient été tendues à travers une épaisseur de néant par Dieu même, en personne. Je sentais leur parfum qui sortait comme du sang de leurs têtes à demi décapitées par un soleil terrible, je devinais leurs rondeurs blanches et jaunes dans l'ombre lunaire, et j'avais la certitude de les recevoir des mains de l'Éternel — comme si toutes grâces de la nature nous étaient offertes par Dieu tendant son poing jusqu'à nous, crevant le silence de la mort et du mystère pour nous dire : « tiens, c'est pour toi ». Il y avait aussi ces vaches que j'aimais voir dans la campagne proche : leurs sabots de corne jaunâtre comme des souliers de pauvres piétinant dans la boue, leurs nuques couvertes de poils blancs frisés par la lumière, leurs flancs maculés de paille dorée et de bouse agglomérée, aussi sombrement lumineux que les toiles de Rembrandt, le rose moucheté de leurs museaux luisants de bave, leurs larges langues happant les touffes d'herbe au plus près de la clôture, et leur regard surtout — un regard comme un rayon noir venu de l'infini pour achever là sa course, dans une bonté naïve et calme, presque impersonnelle. Ce n'était plus des vaches qu'alors je voyais, mais des blocs d'innocence pure.

Épier Dieu captif de l'adorable faiblesse des choses et des êtres, en prendre note comme un braconnier relève ses pièges, voilà le travail que, écrivant mes livres, je me proposais d'accomplir. Ce soir, ce travail était épuisant et je pensai une seconde qu'il était même impossible : j'étais au cœur du monde, à la fête donnée par Louise Amour pour la création de *Madone*. Il n'y avait là aucune rose vivante et les gens que je voyais s'agglutiner autour du buffet et dont je surprenais les conversations avaient infiniment moins d'allure que les vaches bressanes. Mais qu'importe : il y avait Louise Amour, sa simplicité et sa gentillesse — elle me présentait aux uns et aux autres comme si j'étais une merveille. Un maquillage un peu trop accentué donnait à ses yeux un brillant de fièvre, et sur ses prunelles couraient des lumières faiblement argentées, comme on en surprend sur la surface sombre des lacs de montagne. J'eus le sentiment un peu funèbre qu'elle avait arraché les ailes d'un papillon de nuit et qu'elle les avait collées sur ses paupières. Elle portait aussi un bracelet d'or. Je pensai en le voyant qu'aucun bijou, même le plus rare, ne serait jamais aussi lumineux que les cerises avec lesquelles les petites filles inventaient des boucles d'oreilles rouge rubis. Les parures précieuses, ce n'était rien, une misère, le deuil clinquant de ce premier bijou somptueusement offert par Dieu en échange d'un sourire. Puis je laissai cette pensée s'envoler et disparaître comme un petit papier en feu, déporté par le vent. Je sentais chez Louise Amour une gêne infime comme si, ce soir-là, avec ce monde et cette beauté voulue, elle jouait un rôle qui n'était pas le sien. Je l'aimai pour cette gêne, j'oubliai le maquillage, le bracelet, je les effaçai de mon esprit : personne, jamais, ne fera voir à un homme amoureux ce qu'il ne veut pas voir.

La fête de *Madone* se donnait dans une ancienne chapelle de l'église orthodoxe près de Versailles, vidée de son Dieu depuis quinze ans. Il y avait là, outre des représentants de l'industrie cosmétique, des gens si célèbres qu'il m'avait semblé jusqu'ici que seul leur nom existait. L'organisatrice de la soirée m'accueillit. Elle avait un naturel sophistiqué, des yeux méchants et s'estimait, à l'évidence, incomparable. Elle eût mérité d'être la sainte des gens sans transcendance. Louise Amour tenant dans sa main un flacon de parfum — une Vierge en verre soufflé dont la tête de cristal taillé se dévissait — allait des uns aux autres sans oublier personne. Elle portait une robe jaune, légère comme un soupir. Les visages s'éclairaient à son approche comme si son propre visage eût été une lampe-tempête. C'est du moins ce qu'il était pour moi : la seule chance de clarté dans cette chapelle où le champagne, l'envie et le mensonge coulaient à flots.

Je n'aimais pas le monde. Je ne l'avais jamais aimé. J'avais passé mon enfance à le fuir, reclus dans ma chambre entre quatre murs de papier peint sur lequel le même cygne sauvage, volant à des dizaines d'exemplaires, portait sur son dos deux enfants, un garçon et une fille. Mon esprit s'enfonçait pendant des heures dans ce ciel de papier que jamais ne réussirent à traverser les deux enfants, autant que dans le ciel vrai et bleu, découpé par la fenêtre. Mais plus que tout, les livres étaient ma ligne de fuite. Je les ouvrais avec une lenteur religieuse et, vite, je me glissais dedans comme un petit animal traqué bondit dans son terrier. Chaque phrase m'était l'amorce d'une galerie où je m'enfonçais avec délice. Au fond de la terre, à l'extrémité du livre, il y avait une salle où je savais trouver mon chagrin le plus pur avec son antidote, deux flacons posés l'un à côté de l'autre sur une table d'air. Mais peut-être n'y avait-il qu'un seul flacon : nommer au plus près l'inconsolable — ce que devraient faire tous les livres —, n'est-ce pas la formule même de la consolation ? Je lisais donc beaucoup — trop, jugeaient mes parents qui, pour réduire cette sauvagerie qui croissait en moi et habillait mon cœur de vigne vierge, m'envoyèrent plusieurs étés de suite, dès que j'eus sept ans, dans des colonies de vacances. J'y découvris ce que l'école avait commencé de me montrer : l'horreur absolue de toute société. Il n'y a que le ciel qui puisse nous lier les uns aux autres, jetant sur nos âmes assemblées par le hasard d'une rencontre un filin de lumière, puis tirant d'un seul coup pour tout ramener dans le grand air des paroles vraies, là où seulement il est possible de respirer. Il n'y a que le grave et l'inattendu qui peuvent offrir à nos âmes captives une ouverture sur la vie pure, et c'est ce que le monde, instinctivement, immédiatement, déteste. J'appris cela dans la compagnie brutale des autres enfants. Je le retrouvais ce soir dans cette chapelle où les anges avaient laissé la place aux parfumeurs, comme dans ces époques révolutionnaires où les églises devenaient écuries ou poulaillers.

La soirée avançait. Je m'ennuyais. La plupart de ces gens étaient si loin d'eux-mêmes que leur propre mort n'aurait pas su les atteindre. Quelqu'un me tendit une carte de visite — un homme qui me donna l'impression d'être faible et lâche. Je ne vis briller entre ses doigts qu'une petite pierre tombale portative. Je la pris avec réticence : il y a rarement un agneau pascal derrière un faible. Beaucoup de femmes promenaient dans ces lieux la très haute idée qu'elles avaient d'elles-mêmes. Ces jeunes femmes qui portaient haut leur tête maquillée, comme un saint sacrement, ne savaient pas ou ne voulaient pas savoir que cette même tête, la leur, aujourd'hui illuminée de fierté, serait dans vingt ans tranchée net et roulerait à terre comme un fruit trop mûr, abandonné sur le pavé, à la fin du marché.

Mes yeux, mes sens, mon cœur, mes pensées ne quittaient pas Louise Amour, en même temps qu'ils travaillaient à dissoudre les visages de ceux qui lui parlaient et semblaient être ses familiers. Je la voulais innocente de sa manière de vivre, et dans un sens elle l'était : heureuse de n'être qu'un « nez », qu'une obscure alchimiste, elle souriait de cette soirée et n'en recherchait pas les feux. « Comme vous, je préfère l'ombre et le silence, soupira-t-elle en remarquant ma gêne dans cette assemblée, mais comment échapper au monde ? » La table dressée sur des tréteaux, à l'endroit exact où jadis se trouvait l'autel, couverte d'une nappe blanche sur laquelle on avait brodé aux angles le mot *Madone*, cette table qui avait porté les coupes de champagne, les plateaux de foie gras, de fruits et de gâteaux, était à présent souillée d'auréoles violettes et sucrées, maculée de taches grasses et allongées comme des limaces. L'âme de Louise

Amour, elle, était plus blanche que l'âme de la neige.

Il n'y aurait, ce jour-là et tous les autres jours qui allaient suivre, aucun homme plus travailleur que moi : je regardais passionnément l'objet de mon amour et je faisais le tri, grossissant tel détail, couvrant d'ombre tel autre. De Louise Amour, je gardais le sourire, la bienveillance, la voix de miel, et je jetais à peu près tout le reste : j'avais assez de matière pour bâtir la sculpture d'une paysanne au cœur de rose et pour l'adorer pendant des siècles, prosterné devant elle comme le futur prêtre allongé sur les pierres froides de l'église, écrasé sous le poids de son Dieu invisible, comblé, cassé.

Au lendemain de cette fête je retournai chez Louise Amour. J'avais dans ma poche une lettre pour elle. Si son associé m'ouvrait la porte, la lettre resterait dans ma poche. Je la déchirerais plus tard et ne reviendrais plus dans ces lieux. Si c'était Louise Amour qui m'accueillait, je lui donnerais cette lettre et je partirais aussitôt sans explication : à elle ensuite de jouer — si elle le voulait bien. Ainsi je laissais faire le hasard qui est un dieu semblable aux moineaux sautillant sur les pavés : leur chemin, fait de brisures, de ruptures, de virevoltes, est toujours imprévisible et ils peuvent très bien, sans la voir, passer à cinquante centimètres d'une fortune de pain.

Dans ma lettre, j'avais mis quelques mots qui ne parlaient pas d'amour et ne laissaient entendre que lui. Ces miettes, j'allais les proposer à l'alouette que je devinais dans l'âme de Louise

Amour — une alouette car, comme cet oiseau enivré d'azur et forant, avec le cône de son bec et ses ailes en vrille, une galerie dans l'air bleu pour filer droit à Dieu, Louise Amour avait faim de ciel : sinon pourquoi lirait-elle autant les mystiques ? Lors de notre deuxième rencontre j'avais entrevu sa bibliothèque et j'avais été ébloui par les reliures de vieux cuir protégeant les textes précieux, pour moitié consacrés aux parfums et aux fleurs, pour l'autre moitié voués aux saints et aux sages. « Devinez où je rangerai ce beau livre que vous avez inventé pour moi », m'avait-elle demandé, imprimant à sa chevelure un mouvement vif qui nimba une seconde son visage de lumière noire. Avant que je réponde, elle m'avait désigné du doigt un vide dans un rayonnage. « Ici, me dit-elle, je le glisserai ici, entre deux lourds dictionnaires sur les roses : ils feront deux bons oreillers pour vos anges. » Elle eut un petit rire et je ne sus si elle se moquait de ma timidité ou si elle s'enchantait de notre rencontre.

Les livres sont de vieux serviteurs sur le dos desquels nous disposons, afin qu'ils les portent à notre place, nos craintes et nos espérances. Le temps passé à lire qui est du temps changé en lumière, l'espérance attrapée comme un rhume en rêvant, la puissance secrètement demandée aux livres savants, tout de nous pèse sur les épaules, la nuque, le dos de nos esclaves de papier. Il suffit ensuite de les regarder pour connaître leur maître. La bibliothèque de Louise Amour ne révélait-elle pas une âme éprise de ce Dieu exténué d'être seul, à qui les roses proposent l'asile de leur douceur ?

Je sonnai à la porte. Elle s'ouvrit. Un enfant de trois ans se tenait sur le seuil, un petit homme sûr de lui — un de ses bras appuyé contre le chambranle de la porte, une jambe bien campée sur terre et l'autre croisée sur la première et ne touchant le sol que de la pointe du pied. J'eus un instant le sentiment humiliant de passer un examen devant un prince de trois ans. Il me dévisageait avec, sur ses lèvres en forme d'escargot, le même sourire triomphant que sur les lèvres de Louise Amour.

J'avais depuis toujours espéré un miracle et depuis toujours j'avais été comblé. Ce que j'appelais un miracle n'était pas un renversement spectaculaire des apparences mais, au contraire, une soudaine illumination de la vie ordinaire, un flamboiement aussi rapide et stupéfiant que le feu dans une longue chevelure. Pas de magie, rien que le tremblement d'une âme dans les yeux délavés d'un nouveau-né, ou l'héroïque insurrection d'une lumière poussant ses bataillons au travers du feuillage serré d'un chêne.

Les chemins les plus profonds, ceux qui s'engagent le plus loin dans la forêt de cette vie, sont souvent choisis pour de toutes petites raisons très gaies. Si j'avais entrepris des études de théologie, c'était peut-être parce qu'à cinq ans j'avais passionnément rêvé sur la neige dont chaque flocon semblait contenir une bibliothèque angélique consacrée à la lenteur, au silence et à la bonté. J'attendais Noël et Noël venait chaque jour même en plein été. Plus tard je le formulerais ainsi dans un premier livre : « Il n'y a aucune différence entre vivre et croire en Dieu. » Mais à l'époque je ne disposais pas de tous ces mots. J'avais simplement mes yeux pour voir le Dieu qui se cache et se montre dans l'air, j'avais mes mains pour le toucher et mon sang pour brûler à son approche. Certes l'oubli et la blancheur recouvraient au fur et à mesure chacun de mes jours, mais cet oubli naissait de mon attention démente à tout ce qui était : il n'y avait jamais rien eu que le présent et, enfantinement caché derrière ce présent comme derrière un rideau de neige qu'il me suffirait d'écarter, Dieu — c'est-à-dire la vie éternellement jeune et ardente.

Nous sommes à notre naissance plongés dans cette vie comme dans un bain de vérité, et personne ne nous a assuré que ce bain serait toujours, à tout moment, à la température idéale. La vérité est là, à nos côtés, partout, elle baigne nos flancs, rafraîchit nos tempes, elle demeure auprès de nous jusqu'à ce que nous prétendions connaître quelque chose qui vaut mieux qu'elle. « Le royaume de Dieu est proche de vous » : j'étais soufflé par cette parole du Christ. Dans les grains serrés de quelques mots, la plus grande vie possible m'était donnée. C'eût été une folie que de chercher plus loin, et cette folie m'avait pris. Cette vie simple qui s'éclaire en s'approfondissant — comme font les fleurs joufflues des hortensias après la maltraitance d'une pluie drue, renforçant le rose et le bleu de leurs paroles, répondant à la violence du ciel par un surcroît de lumière —, cette vie qui à chaque seconde multiplie l'affirmation miraculeuse d'elle-même, j'avais commencé à la quitter en rêvant trop de nuits sur les livres et sur l'amour dont ils parlent tant. La mélancolie de ma mère, mes désarrois d'enfant et plus tard mes impatiences de jeune homme, les phrases des grands livres qui s'élevaient silencieusement dans le ciel blanc de la page, explosant soudain en bouquets, les chansons qui saisissaient le cœur comme on fait rouler une boucle de cheveux entre deux doigts, tout cela m'avait peu à peu donné le goût d'une vie plus intense que la vie merveilleusement ordinaire — et cette vie venait de se trouver une forme dans le visage de Louise Amour. Ce visage était le soleil vers lequel, jour après jour, lentement mon âme s'élevait. Quand il m'apparaissait, enflammé par la soie noire de ses longs cheveux, je quittais tout pour le suivre.

Une jeune femme robuste, aux yeux rieurs et au visage bosselé, cuit par le soleil, pétri par les mains des anges de la campagne, apparut derrière l'enfant qu'elle appela Santal. Je détestai ce prénom bien qu'il eût été sans doute choisi par Louise Amour. Un prénom est un tout petit carré de langage trempé de ciel et il me semblait indigne d'en faire un objet de mode, une griffe de couturier — ou de parfumeur. Pendant des siècles les prénoms les plus simples — ceux qui brillent dans les pages des Évangiles : Marie, Pierre, Jean — avaient suffi pour nommer au plus près une âme fiancée à un corps. Aujourd'hui l'époque allait chercher dans l'esthétique et le prétentieux. Mais peut-être, me dis-je pour absoudre Louise Amour, commençais-je à gravement manquer d'humour. Le visage de la jeune femme derrière Santal avait la sourde luminosité de celle qui, penchée au-dessus d'une flamme invisible, ne son-

geait qu'à l'entretenir et s'oubliait elle-même.
Elle semblait avoir l'autorité abrupte de ceux qui
se donnent à l'essentiel, sans aucun souci de
plaire. Le Christ avait aimé de telles voisines
fidèles et sans prestige. J'échangeai quelques
mots avec elle pendant que Santal, devinant avec
son expérience de trois ans que notre conversation ne lui serait d'aucun profit, s'allongeait sur
le sol et, son menton appuyé sur ses deux petits
poings, contemplait le pèlerinage d'une mouche
traversant le désert d'un tapis-brosse, élimé en
son centre.

La jeune femme parlait de Louise Amour. À ma
stupéfaction je crus entendre une pointe d'ironie
dans sa voix. J'avais cru pourtant remarquer que
Louise Amour plaisait autant aux femmes qu'aux
hommes. Certains êtres sont comme le lilas qui
sature de son parfum, jour et nuit, l'air dans
lequel il trempe, condamnant ceux qui entrent
dans son cercle embaumé à éprouver aussitôt une
ivresse intime qui fait s'entrechoquer, comme des
verres en cristal de Bohême, les atomes de leurs
âmes. Dans les entours de telles créatures, comme
dans ceux du lilas, plus moyen de garder une
conscience claire. La pensée est un soleil d'hiver.
Elle a besoin du froid et du sec pour s'élever.
L'ivresse, même quand elle n'est que mentale,

l'humidifie, l'alourdit et finalement l'empêche de s'envoler.

Santal à présent, toujours allongé, imita un mort puis un chien, ce qui fit envoler la mouche. Une telle souplesse des os et de l'esprit me parut dans l'instant admirable et je pensai que cette plénitude des enfants en bas âge ne se retrouvait guère, plus tard dans la vie, que chez quelques fabuleux vieillards. Je regardais Santal, négligeant pendant quelques instants de nourrir la conversation avec la jeune femme. Le spectacle de la vie ordinaire, jamais lassant, pouvait ainsi m'absorber pendant des heures : comment ne pas être ébloui par ce qui demeurait le plus grand des mystères ? Santal se rétablit d'un bond sur ses pieds. « Je vais te mener à maman, monsieur », me dit-il, et il leva un doigt vers l'étage supérieur : Louise Amour avait établi son laboratoire au-dessus de son appartement. La jeune femme donna son accord. Je pris l'enfant par la main, je gravis l'escalier.

En me voyant, Louise Amour se retira derrière un sourire large comme un soleil. Santal, je le compris aussitôt, n'avait que rarement accès à l'atelier et ma visite lui permettait de passer outre à un interdit. Il se précipita vers une fenêtre à petits carreaux cernés de cuivre devant laquelle brillait une énorme corbeille en osier remplie à ras bord de violettes séchées. Il allait se jeter dedans quand sa mère l'attrapa par la taille et, se penchant sur lui pour baiser son front, mélangea ses cheveux à ceux de l'enfant. La douceur charnelle de cette scène éclair mit définitivement fin à ce temps où je ne me souciais que du ciel et de ses chroniqueurs — les moineaux et les anges. Avant même de savoir l'alphabet qui permet de noircir des pages et des pages d'écriture, mon enfance solitaire avait appris l'alphabet des gestes — et il y en avait infiniment plus que de lettres — qui permet de devenir sans erreur ce qu'on voit, afin de ne pas trop mourir d'être seul. Le soleil, déboulant par la fenêtre ouverte, enflammait les visages de Louise Amour et de son enfant, les noircissant d'or et les arrachant à leur vie terrestre pour les inscrire sur le grand livre des apparitions surnaturelles. Je regardais la mère et l'enfant dans le tissage de leurs sentiments, j'étais l'enfant qui recevait sur son front les lèvres maternelles, douces et molles comme du velours, j'étais cet enfant cueilli en plein vol sous la cascade de cheveux noirs, et j'étais en même temps la mère s'adorant elle-même sous les espèces de sa propre chair de trois ans, jouissant d'être aimée par celui qui ne l'oublierait jamais même en devenant un homme, et sentant sur elle, sur l'enfant, sur leur couple, mon regard pétrifié par cette icône vivante. J'ignore comment je sortis de cette extase. Mais peut-être n'en suis-je, pendant tout le temps de notre histoire, jamais sorti.

« Vous êtes le premier à découvrir mon antre », dit Louise Amour, et si je devinais que cette parole n'était pas vraie, je lui fus reconnaissant de vouloir me plaire. Elle commença à ouvrir des petits pots de verre remplis de pigments et à me faire sentir leur contenu. C'était son alphabet à elle. « Au fond, nous faisons le même travail : vous cherchez à faire tenir Dieu dans une phrase, dit-elle, moqueuse, et moi je cherche à l'enfermer dans un flacon. » Pendant ce temps Santal, dans la corbeille, prenait un bain de violettes séchées. Elles le recouvraient, il n'y avait que son petit ventre arrondi, un reste de son ancienne condition de bébé, qui émergeait des pétales. Sa main droite plongeait et replongeait dans la corbeille, prenant à chaque fois une brassée de fleurs qu'il faisait choir en pluie lente sur sa tête. Puis il se lassa de ce jeu et quitta l'atelier, semant derrière lui un gravier de violettes. Les parfums que j'avais respirés avaient fait s'ouvrir dans ma tête un éventail sur lequel était peint un arc-en-ciel, mais l'odeur la plus suave me parut soudain être celle de la peau de Louise Amour. Elle se tourna vers moi :

« Vous qui aimez tant les mots, savez-vous que le concentré d'un parfum s'appelle un absolu ? » Cette parole inonda brutalement mon cerveau. Quelqu'un entra en moi et fit éclater toutes mes règles : interrompant Louise Amour, je franchis ce trait de craie invisible que chacun trace devant ses pieds pendant qu'il parle, interdisant à quiconque de le passer. Les enfants collent leur visage aux vitres et au visage de Dieu. Ils écrasent leur petit nez sur les quelques millimètres de verre qui séparent le dedans du dehors. Visage plaqué contre l'invisible, ils regardent avidement — comme on mange après un très long jeûne. Je fis d'eux, pour un instant, mes maîtres. Je me glissai entre Louise Amour et la lumière qui enveloppait sa chair, je volai ce privilège qu'avaient les atomes de l'air de la toucher sans précaution, je me fis enfant, atome, abeille qui vint s'écraser sur l'ourlet sucré de ses lèvres. Elles avaient un goût de ciel. Je ne voulais plus d'autre Dieu qu'elle.

Louise Amour était accoutumée à une manière de vivre apparemment angélique où, comme dans la parfumerie, chaque chose était épurée et délivrée de sa pesanteur. Il me fallait, pour bien la voir et ne voir qu'elle, à chaque fois détacher son apparition de cet arrière-plan doré et luxueux. J'y parvenais sans peine : Louise Amour était pour moi le nom d'une sainte, de celles qui n'ont jamais existé et qu'on voit peintes à la crème fraîche, dans les images d'Épinal. Étouffement des bruits, discrétion des lumières, prévenance infinie des serviteurs : le luxe donnait l'impression que la vie était délivrée de la mort, de la douleur, du temps — et au bout du compte de la vie même. Le monde, à ce degré de raffinement, pouvait sembler tout entier spiritualisé. Il s'en fallait d'un rien mais ce rien changeait tout. Il n'y avait en vérité pas de plus grande violence que celle de la richesse paisible et sûre d'elle-même : un paradis où, de chaque infime crispation du visage des maîtres, tombait à chaque instant l'ordre d'étrangler Dieu avec un foulard de soie ou de le noyer dans une cuve remplie de champagne millésimé.

Loin de ce monde, j'allais toujours chaque midi rejoindre ma place sur la scène d'un théâtre miniature. Le décor, bien que simple, était flamboyant comme la peinture naïve d'un déjeuner de soleil. Il y avait une cuisine, un bouquet de marguerites dans un pot à eau sur un buffet rutilant de cire fraîche, un calendrier des postes avec l'image d'un ciel bleu, une table ronde couverte d'une toile cirée jaune et, donnant un éclat surnaturel à toutes choses, la bonté dans les yeux verts de mon père et la gaieté retrouvée dans la voix de ma mère. Mon rôle était simple. Dans ce théâtre de carton qu'un enfant-Dieu avait sans doute mis en place — le recouvrant d'un globe de cristal pour le protéger —, installant auparavant chaque santon de plâtre peint, en le pinçant délicatement entre deux doigts épais pour le poser sur sa chaise en bois d'allumette, un homme de trente ans, moi — à cet âge où les muscles et le sang, pour être bien oxygénés, commandent à l'âme d'avaler le monde —, mangeait avec ses parents fatigués une nourriture qui avait cuit toute la matinée, dans une cuisine où ni les rumeurs du monde ni

71

les armées du temps n'avaient jamais réussi à
entrer.

À l'heure où j'écris, le globe de cristal où je
pénétrais chaque midi pour y rejoindre mes parents est fêlé : l'air y est entré et a oxydé les couverts minuscules, écaillé la peinture des visages, et
un tremblement de terre imperceptible a renversé
la figurine de mon père. C'est aujourd'hui seulement que je comprends l'étrange charme de cette
scène : ces trois-là — moi dans l'époque de Louise
Amour, mon père goûtant au plaisir monacal de
la retraite et ma mère conjurant la mélancolie en
mettant des fleurs partout dans la maison —, ces
trois-là avaient inventé de vivre hors du temps.
Les visages de mon père ou de ma mère commen-
çaient d'être atteints par l'usure — ici un petit
ravin sous une paupière, là une aile de nez un peu
creusée —, mais l'essence du couple parental
demeurait jeune et radieuse. Chaque midi reve-
naient les années cinquante qui m'avaient vu
enfant, chaque midi mon père me faisait part de
sa joie à me revoir et ma mère m'annonçait qu'elle
avait préparé des plats que j'aimais. Ni eux ni moi
n'avions vraiment choisi l'éternel retour de cette
scène. Nous étions dans un conte, à l'heure — qui
peut se prolonger des siècles — où le roi avec
toute sa suite bascule dans un sommeil de neige.

Si je ressentais l'étrangeté de cette vie et devinais ce que je pouvais y perdre, il me semblait que j'y gagnais davantage : le monde, le terrible monde n'entrait pas dans le globe de cristal. Je n'avais pas vu que ce globe venait de recevoir un coup fatal et que Louise Amour était — outre celui d'une reine des cieux — le nom d'une fêlure irréversible par laquelle, comme un gaz, le monde et le temps faisaient irruption dans ma vie, pour mon bien, pour mon mal.

En volant un baiser à Louise Amour, j'avais cru que mon âme poussée par ma langue, franchissant la muraille lumineuse de son sourire et traversant la barrière nacrée des dents de la jeune femme, se saisirait de son âme à elle — comme en moins d'une seconde on rafle un bijou précieux après avoir brisé d'un coup de masse la vitrine qui le protégeait. Ce fut tout le contraire : je me retrouvai vidé de mes forces, défait par ma victoire. En ne m'opposant aucune résistance, Louise Amour avait fait éclater ma volonté. Ses lèvres, écrasées par les miennes, avaient libéré un enivrant parfum de framboises. Il me parut aussitôt que toute ma chair en était imprégnée et que ce parfum, avec le nom de sa donatrice, envahissait l'univers entier, était désormais cet univers. J'avais cru la surprendre. Je n'avais fait que me soumettre à son inertie triomphante. À présent — je l'avais quittée juste après le rapt du baiser, ignorant que je n'étais pas dans cette scène le voleur mais le volé —, je ne savais plus qu'attendre le feu de la prochaine rencontre. « Connaissez-vous Vézelay ? J'y serai dans une semaine, pourquoi ne nous reverrions-nous pas là-bas, à l'ombre de la basilique », m'avait-elle dit en souriant de ma fuite.

Par ce baiser elle avait fait entrer en moi son souffle, son âme, l'esprit de son esprit — comme si, sortant de ses lèvres rondes, un voile de légères particules d'or en suspension dans l'air avait pénétré dans ma bouche, tapissant mon palais et, peu à peu, heure après heure, l'intérieur de ma gorge, de mes poumons et de mes veines jusque dans leurs extrémités les plus fines. Pendant une semaine je fus ainsi radicalement coupé du monde : pour m'atteindre — mais c'était impossible — il eût fallu traverser ce sarcophage intérieur peint à la feuille d'or dans lequel je reposais, mes mains jointes autour du nom et de l'image brûlante de Louise Amour.

J'avais une bible sur ma table de travail. Elle y sommeillait comme un chat dont j'aimais souvent caresser le pelage. Sur ce papier, plus doux qu'une poignée de sable fin, on avait imprimé les paroles les plus intelligentes jamais prononcées sur nos vies. Je faisais parfois glisser les pages de ce livre entre mes doigts comme un jeu de cartes et, sans réfléchir, je pointais un doigt sur une page, lisant ce qui alors n'était confié qu'à moi seul. Dans les jours qui suivirent le baiser, j'allai plusieurs fois chercher le Nord dans tel ou tel fragment de la Bible. Deux fois je tombai sur le passage où Marie Madeleine, en larmes, répandait sur le corps lumineux du Christ un parfum hors de prix. Je savais en outre qu'à Vézelay une basilique était consacrée à Marie Madeleine. J'y vis un signe : le bonheur prochain que j'espérais et le ciel qui était depuis des années mon cahier d'écriture : tout se rassemblait, se mélangeait à la perfection.

J'étais devenu incapable de lire, d'écrire, de dormir, incapable de toute autre occupation que celle de penser à Louise Amour, aux accroches de la lumière sur ses cheveux, aux petites nuances paradisiaques de sa voix, à la douceur promise de sa peau sous mes mains. Un souvenir me revint de ces années d'enfance que je croyais blanches : j'avais sept ans. Je tenais entre mes mains une bible illustrée pour enfants, grand format. Je contemplais, fasciné, un dessin représentant Samson et Dalila. Samson sortait du lit de Dalila. Ses longs cheveux dorés avaient été coupés dans son sommeil. Sa force avait roulé avec les mèches blondes sur le carrelage de faïence bleue. Il était debout, titubant de sommeil, tête presque rasée, demi-nu. Dalila le regardait les yeux mi-clos du fond du lit, sa chevelure noire étalée sur l'oreiller blanc. Dans un arrière-plan de tentures rouges, des soldats venaient se saisir de celui qui jusqu'ici les effrayait et qu'une nuit de jouissance venait de vider de sa puissance. Ce qui me troublait n'était pas dans cette scène mais dans ce qui avait dû la précéder : rien ne pouvait être plus terrible pour Samson que de perdre la force qui lui avait permis de triompher des ennemis de son peuple. Si cela était arrivé, c'était parce qu'il avait cédé à l'attraction d'une chose plus persuasive que la peur de la mort. À sept ans je ne savais pas nommer cette chose. Je devinais qu'elle avait un lien avec la nudité d'une femme et je rêvais à des délices aussi grands, lourds de si graves conséquences. Je chassai le souvenir de cette image. Celui qui s'apprête à jouir ne veut pas penser et quand bien même le voudrait-il, il en est incapable : ses paupières sont calcinées par le soleil qui devant lui s'élève. Il est en train de devenir aveugle.

La basilique de Vézelay est un nuage de pierre gris orangé, flottant depuis plus de huit siècles sur un village fortifié, au-dessus d'une colline blonde. J'arrivai par le train dans un village voisin. Dix kilomètres me séparaient de mon but. Je les fis à pied, sans hâte car la lenteur est un des voiles qui séparent le contemplatif de la vision stupéfiée de son dieu noir. Écarter chacun de ces voiles doit se faire et pourtant ne se fait qu'à regret, tant leur demi-transparence et leur frémissement continu affolent le cœur et font gicler contre sa paroi un sang de foudre. La lumière qui se cachait derrière les rangées montantes de vignes, de chaque côté de la route serpentine, parfois surgissait droit devant moi, lançant ses pierres rayonnantes contre mon front. Je regardais le paysage comme un affamé regarde une miche de pain. La basilique au loin en formait la croûte dorée. La chair imaginée de Louise Amour en formait la mie.

Je sentais entre mon crâne et mon cerveau, là où flotte un liquide protecteur, un ruissellement incessant d'images troubles engendrées par l'image mère de la nudité d'un corps féminin blanc, surnaturellement lumineux dans la pénombre d'une chambre, comme une matière irradiée. Par le crochet des yeux je ramenais à moi chaque fragment de cette terre riche de ses anges, je le plongeais dans mon crâne et je l'imbibais de ma fièvre. Tout devenait irréel et brillant comme ces vapeurs qui montent d'une route goudronnée, assommée par un soleil dont la pesanteur fait onduler l'air et produit les mirages. Je ne m'égarais pas pour autant : ce lieu se prêtait bien à une telle métamorphose. Il l'appelait de toute la puissance de ses vignes, de ses pierres et de son histoire passée. Mon trouble s'accordait à l'esprit de cette colline, il m'en révélait les soubassements de violence et de sanctification des hommes par eux-mêmes sous les espèces faussement spirituelles du vin et de la culture.

Le village de Vézelay n'est fait que d'une seule rue, les autres ne comptent pas. C'est une rue sévère, pentue, pavée. Comme une main rude soudain plaquée contre votre dos, elle vous pousse, bon gré, mal gré, jusqu'au sommet où elle vous jette, maigre gibier, au pied de la basilique. Je regardais les tableaux exposés dans les vitrines des galeries, je lisais sur des plaques dorées les noms d'écrivains célèbres ayant vécu ici ou là. Cette colline que l'on disait « inspirée » logeait dans les caves et les soupentes de ses maisons étroites une quantité invraisemblable d'esthètes et de bourgeois, accrochés à ses flancs comme les petits de la truie collés aux mamelles roses de leur mère grasse. Devant la basilique je vis plusieurs voitures maquillées pour un mariage : des lys blancs suffoquaient dans la chaleur, étranglés par les essuie-glaces. Un mariage qui commençait par torturer des fleurs ne pouvait que mal finir.

Je n'avais rendez-vous que dans une heure. J'entrai dans la basilique, je m'assis sur une chaise de paille, je ne pensai plus à rien. Les voix des touristes, autour de moi, bourdonnaient dans toutes les langues. Je me levai, me dirigeai vers le chœur où une petite tribu de moines, jeunes, s'essayait à chanter en latin. Leurs louanges montaient jusqu'au ciel de pierre, y réveillant un Dieu mélomane dont la gloire retombait lentement sur leurs têtes et leurs épaules. Ils avaient chanté en donnant à leur corps la souplesse et l'humilité de roseaux courbés sous plus puissant qu'eux. Une vérité plus âpre éclata quand ils se redressèrent d'un coup, faisant apparaître les nerfs de bœuf de leurs nuques.

Je sortis, fis quelques pas et me retournai pour contempler la basilique enfoncée dans le ciel bleu. La Bible est pleine des ruines de ces temples dans lesquels les hommes ont prétendu mettre Dieu au pain sec d'un rituel. L'Éternel n'aime pas qu'on lui fasse une place aussi visible et encore moins qu'on lui impose de s'y tenir. Il préfère admirer les pissenlits dans les terrains vagues des banlieues, dormir dans les caravanes princières des gitans et arpenter sans bruit les sentes dans les forêts, connues des seules bêtes sauvages. La grâce de Vézelay ne tenait pour moi, ce jour-là, que dans une poignée d'os et un nom dont l'odeur de péché m'attirait, aiguisait mes sens : Marie Madeleine. Ses reliques étaient dans la basilique comme une poussière de lune qu'on aurait mise à l'abri dans un coffre-fort en pierre pesant plusieurs centaines de tonnes. La sainteté, c'était donner sa vie. Les saints donnaient leur vie aux hommes qui la tuaient d'abord, la dépeçaient ensuite, afin de s'en nourrir pendant des siècles. Les gestes, les paroles, les vêtements, les maisons d'enfance des saints, tout était comestible, et jusqu'à leurs os que la mort avait crachés après en avoir sucé toute la moelle : puisqu'on ignorait où se tenait la sainteté du saint, dans quelle partie de son corps ou de son âme, alors mieux valait tout garder de ce qu'on pouvait garder, c'était plus sûr.

Je redescendis la rue, passant sans difficulté d'une femme à l'autre, de Marie Madeleine reposant dans sa légende parfumée, ses mains chastement croisées sur son sexe, à Louise Amour dont la maison était à mi-pente. Je me trouvai devant une porte en bois sur laquelle rutilait un heurtoir en forme de soleil. L'astre de cuivre martelé avait le visage d'un vieil homme vigoureux, aux sourcils froncés. Je retins ma respiration comme avant d'entrer dans une eau profonde. Je saisis le soleil dans la paume de ma main et le fis claquer, trois fois, contre le bois aux veines épaisses.

Un ange m'accompagnait depuis toujours. Il se tenait dans mon cœur — et peut-être n'en était-il que la part intouchée et neigeuse — comme un secrétaire particulier assis devant une table en bois clair, rédigeant à ma place le courrier embarrassant. Il me protégeait à sa façon, modeste, me retenant d'agir ou me conseillant le silence. Je lui devais la bienheureuse immobilité de mes années d'enfance, mon ennui des voyages (tout ce qui me déportait à plus de dix mètres de ma rue était déjà un voyage) et mon ravissement à la vue du jardin qui faisait face à ma chambre d'enfant. Ce jardin était si petit qu'il contenait tous les astres de l'univers et que Dieu, sous les apparences d'un rouge-gorge, venait y tutoyer un rosier grimpant et, en les frôlant de ses pattes grêles, faisait trembler comme des lustres en cristal les grosses boules des hortensias. Or depuis quelques semaines mon ange ne me conseillait plus. Les coups contre la porte de Louise Amour semblèrent le vider de son courage, il se mit à pâlir avec une extrême rapidité derrière sa table, on eût dit un fantôme dont les premiers rayons de soleil matinaux brûlent le suaire et trouent le visage, à peine s'il eut le temps, avant de disparaître, de faire revenir toutes les images du temps passé : as de cœur, dix de joie, roi d'azur, voilà les cartes que tu laisses filer de tes mains, voilà ce que, gagnant dans le monde, tu perds dans l'invisible.

Si je ne me souvenais guère de moi dans mes années d'enfance, je n'avais rien oublié du décor dans lequel j'avais joué mon rôle d'enfant sauvage, petit page taciturne de sa mère. Tout s'était passé dans une ville industrielle où les hommes depuis un siècle allaient chercher de quoi forger des armes et des locomotives étincelantes. La gloire de cette ville s'était effondrée d'un coup, comme si quelqu'un, sur une des collines la surplombant, avait abaissé une manette géante, privant soudainement de lumière des milliers de maisons ouvrières soudées brique à brique les unes aux autres. Les villes comme les gens ne sont guère fréquentables à l'heure de leur triomphe. Leur bonheur les rend vulgaires et cruels. Un homme foudroyé par le deuil ou la ruine voit se reformer autour de son cœur, lavé par le feu de la douleur, les anneaux lumineux de l'intelligence et de la compassion. La pauvreté qui était entrée comme un ange dans la ville, baisant chaque porte de chaque rue, avait empêché la prétention des temps modernes d'entrer ici. C'était dans les fastes de cette pauvreté que j'avais grandi et c'était de son royaume que je m'apprêtais insensiblement à sortir.

Des bruits de pas. On m'avait entendu frapper, on s'apprêtait à m'ouvrir. Ce que j'espérais me nouait la gorge. Je voulais bien tout échanger — même ce qui ne m'appartenait pas — contre cette chose sans nom. D'ailleurs, n'y gagnais-je pas déjà une vigueur nouvelle ? Alors que la porte commençait à s'ouvrir, je me retournai, je considérai la basilique là-haut, d'une main je la soulevai, de l'autre je la fouillai, renversant du bout des doigts plusieurs dizaines de chaises. Entre mon pouce et mon index, je saisis une boîte dorée au fond d'une crypte, j'en fis avec un ongle sauter le couvercle, j'en sortis les ossements de Marie Madeleine que j'éparpillai dans la campagne émue par le rose mourant du ciel, je glissai dans la boîte l'image incorruptible de Louise Amour, je remis tout en place. La porte était ouverte.

Blessé par la disparition brutale de la lumière du jour, je fis un pas dans les ténèbres rafraîchissantes d'un long couloir. Louise Amour me faisait face. Elle portait une robe noire. Son visage se détachait de la matière sombre qui l'entourait, flottant dans l'air comme un masque sacré aux lèvres d'or. Elle souriait. Son sourire l'enveloppait de lumière et rendait impossible de la voir. Elle souriait de bienvenue, comme souriait la Sainte Vierge sur ces images pieuses aux bords dentelés que jadis on laissait dormir entre deux pages aériennes d'un missel. Mais la Sainte Vierge, souveraine du bleu et de l'air, ne m'inspirait pas un trouble aussi fort, voisin de l'effroi. Je regardais Louise Amour et je ne la voyais pas. J'étais ébloui par le noir d'où surgissaient ce sourire, ce visage et mon amour.

Elle me tendit la main. Saisir une main, c'est à chaque fois mettre ses doigts dans une prise électrique et aussitôt connaître l'intensité qui circule sans bruit sous la peau de l'autre. Pendant une seconde dont elle fit mine de ne pas s'apercevoir, Louise Amour m'abandonna totalement sa main et j'eus la sensation de presser entre mes doigts les épaisseurs veloutées d'une rose dont la tête, sous la pression de ma volonté, se séparait de la tige. Cette sensation fit monter dans ma gorge un goût de sang et de miel.

Nous étions seuls. Louise Amour m'invita à m'asseoir dans le salon, le temps pour elle de préparer un thé — « Une merveille, me dit-elle. Il vient tout droit de l'Inde, les feuilles en sont cueillies à la main, elles sont petites comme des langues de rossignol. » Autant le salon de son appartement parisien était clair comme une phrase musicale, autant celui-ci m'apparut sombre et ventripotent, cloisonné de centaines de livres consacrés à la peinture. J'avais aimé l'art. Je ne l'aimais plus : la théologie était pour moi une reine sans rivales. Je n'aurais pu trouver meilleur usage de mon temps que de méditer sur ma vie à la lumière des Évangiles — qui est une lumière plus concentrée que celle du soleil. Chaque vie par son désordre ressemble à un papier froissé. En y passant le fer brûlant des écritures saintes, on pouvait espérer y faire apparaître, cachée dans les plis, la grande bonté inemployée de Dieu et de ses gardes. Je feuilletai quelques livres. L'art proposait dix mille fois moins de surprises que le plus petit événement de la vie ordinaire. Je retournai m'asseoir. Par une fenêtre en ogive je vis un rouge-gorge sautiller sur un muret. Le petit écolier de Dieu, avec son tablier orangé, donnait à voir des lumières plus chaudes et subtilement dégradées que tous les chefs-d'œuvre de la peinture italienne. De la cuisine me parvinrent les tintements de tasses précieuses posées sans ménagement sur leurs soucoupes puis transportées sur un plateau. Cette rumeur de sonnailles, comme si des brebis en porcelaine, emmêlant leurs boucles, s'étaient bousculées sur un étroit chemin de bois verni, était pour moi une des plus gaies de la vie. Comme toute gaieté elle faisait revenir Dieu près de nous.

Enfin Louise Amour entra dans le salon. Elle posa son plateau sur une table basse et s'assit en face de moi. Nous nous mîmes à parler tandis que nos âmes, taciturnes et inquiètes, rôdaient comme deux criminels peu assurés, juste avant leur forfait. Je la questionnai sur l'encombrement de ce salon. « C'est que, me dit-elle, cette brave maison de Vézelay me sert de vide-poches et de remords : j'ai un mal fou à me séparer du moindre objet. Je mets ici en pension ce que j'aime moins, ou plus — tout ce que j'appelle "mes vieux soleils". Avec les années, cette maison a fini par ressembler à l'arrière-boutique d'un magasin d'antiquités. » Nos inconscients étaient comme deux escrimeurs se cherchant dans le noir. Après quelques phrases d'armes elle dit : « Il y a même mon lit de petite fille, au grenier. » Comme si toutes paroles possibles venaient à l'instant de mourir, Louise Amour se leva, me prit par la main et me fit traverser une série de pièces sans se donner la peine de les commenter. Je la suivis comme un enfant, fasciné par les cheveux noirs volant sur ses épaules dorées au rythme de sa marche, découvrant par éclairs le petit ravin blanc et duveté de sa nuque où roulaient quelques gouttes de sueur.

La précipitation de nos pas, la montée vers des étages où une chaleur sèche semblait s'être entassée comme le grain dans un silo alourdissaient notre respiration. Je me découvris bientôt aussi en sueur, comme si je nageais à l'intérieur d'une de ces cuves en cuivre où les parfumeurs jettent, pour y décoller à la vapeur leur âme odorante, des pétales de fleurs fraîches. Nous franchîmes une porte basse qui nous contraignit à nous voûter. Louise Amour, le regard brouillé, pointa du doigt un lit d'enfant appuyé contre un mur de briques, juste sous le départ des tuiles. C'était un lit en osier, un entrelacs de roseaux, de ciel et de songe, une relique d'innocence tout en or et blondeur, flambant sous la gloire d'un rayon de soleil qui, se glissant comme une lame de couteau entre deux tuiles disjointes, faisait danser les atomes de la poussière et de nos âmes, à cet instant, serrées l'une contre l'autre par le néant. « Là », me dit-elle d'une voix rauque.

La lumière du soleil avait presque achevé son travail quand je sortis de la maison de Louise Amour. J'avais faim, un peu sommeil et il me semblait en même temps que j'aurais pu jeûner et marcher des heures dans la campagne. Au centre de mes pensées, comme dans un cadre ovale en bois à l'ancienne, brillaient le visage renversé de Louise Amour et ses yeux en allés.

Chaque jour de ma vie était comme une pièce dans laquelle j'entrais pour y découvrir, bien en évidence sur une table, une chose et une seule qui, en la résumant, distinguerait cette journée de toutes les autres : une parole, un visage, une goutte de sang, une étoile ou une feuille de vigne. Il me faudrait peut-être traverser encore beaucoup de pièces avant d'entrer dans la salle des fêtes illuminée de ma mort et je m'en étonnai, tant j'étais convaincu d'avoir aujourd'hui, avec le visage irradié de lumière de Louise Amour, tout trouvé. Je m'assis à une terrasse de café, bus un verre de vin blanc. Je regardais les touristes, les pierres, le ciel. Ils me semblaient faits de la même matière qui enveloppait mon cœur comme une soie. J'éprouvais de l'indulgence et de l'amusement pour tout. Je laissai un fort pourboire à la serveuse et je revins vers la basilique. Je me sentais béat, paisible, liquide, en accord avec toutes les lignes du monde quand, mû par une vague curiosité, presque en somnambule, je poussai les portes du cimetière de Vézelay.

Il y avait en vérité deux cimetières, le plus récent surplombant le plus ancien de toute sa prétention : c'était un véritable salon de lecture. Poètes et philosophes exposaient leurs noms dans les vitrines de marbre, rivalisant de simplicité affectée. Si la mort avait depuis des années broyé leurs os, leur vanité insistait encore : on en pouvait entendre l'air, comme d'un grillon mécanique logeant dans la souche creuse de leur nom. Une rangée de tombes pauvres sauvait le premier cimetière de l'ennui de la gloire : des indigents, morts dans un hospice voisin et fourrés dans cette terre, sans dalle, avec une croix de bois sans inscription. Quelque chose que le bonheur avait éteint en moi se réveilla à la vue de ces tombes alignées comme des lits d'enfants, recouverts par un drap de terre brune, dans le dortoir d'un orphelinat. Il n'y avait là que des os poreux, du bois pourri et de la terre sèche, mais cette pauvreté m'apparut aussi pure qu'un diamant taillé dans les larmes de Dieu.

Par une pente raide, je descendis dans le second cimetière, plus ancien : un océan d'herbes avec des barques en pierre à demi naufragées sur lesquelles il était impossible de lire quoi que ce soit. L'image en gloire de Louise Amour pâlit en quelques secondes, absorbée par le vert aigu de l'herbe flottant dans ce cimetière au-dessus des morts profonds. Surgie de nulle part, mon enfance, grimpée sur mes épaules, serrait ma tête entre ses petites mains et la faisait tourner, reprenant la formule même par laquelle Louise Amour m'avait montré son lit. « Là », me disait-elle d'une voix claire. Je regardai : une mésange venait de se poser sur la croix d'une tombe adossée à un muret. Ma présence ne l'effarouchait pas. Elle s'envola d'un mètre, campa ses pattes grêles sur le bord d'une vasque remplie de roses calcinées par le soleil de juin, et elle se mit à chanter. Il émanait d'elle cette autorité absolue que les reines déploient dans les plus simples de leurs gestes. Bombant le torse avant chaque appel, elle rassemblait dans sa gorge les atomes errants de son âme, puis, expirant aussi violemment qu'une agonisante, elle les faisait jaillir de son bec grand ouvert, comme une eau miraculeuse : son âme alors montait jusqu'au ciel avant d'y exploser comme une grenade en sonorités drues et vibrantes — comme si l'air, en s'engouffrant dans sa gorge, y eut roulé sur des plaques métalliques chauffées à blanc. Ainsi, toutes les vingt secondes, plantant son bec dans l'azur comme une petite pioche de corne, la cantatrice ailée balançait sa louange coléreuse à Dieu et aux roses dont les pétales partaient en lambeaux brûlés par le soleil. Dans les livres savants, on disait d'elle qu'elle était une mésange. Dans la Bible qui est un livre plus profond que tous les livres savants, on l'eût peut-être appelée un prophète. Mais son chant, mieux qu'un livre, fût-il saint, disait son nom secret : courage-devant-la-vie, courage-devant-la-mort, confiance au Dieu que nul n'a jamais vu, vers qui s'envolent les âmes enfantines et parfumées des roses mortes.

Puis la mésange s'envola. Je demeurai longtemps assis sur une tombe, mes yeux perdus dans la contemplation d'un brin d'herbe. J'aurais depuis toujours voulu être le gardien d'un brin d'herbe. J'aurais aimé être payé pour veiller sur lui : aucun métier ne m'apparaissait plus nécessaire et plus juste. Je me levai enfin, sortis du cimetière. Les vivants demandent aux vivants l'amour et la gloire. Les morts ne demandent rien aux vivants car tout cela, ils l'ont. Je m'éloignai du village. L'image de Louise Amour reprit lentement ses droits sur moi. La mésange, les brins d'herbe et les morts s'enfoncèrent dans la nuit.

J'entrai un jour dans une église de Versailles avec Louise Amour pour y découvrir la Sainte Vierge qui, flottant dans les nues au-dessus d'un autel privilégié, se détachait d'une meringue d'anges dorés. Sous la voûte grisâtre et humide semblable à l'intérieur d'une coquille d'œuf sale, elle écartait les bras sur le fond d'un astre d'or en fusion qui éclaboussait toute la scène de ses flèches. Je me tenais debout à deux mètres de cette apparition de cuivre et de marbre, ma main dans la main de Louise Amour. « C'est devant cette vierge que j'ai trouvé la formule de *Madone* après l'avoir cherchée en vain pendant six mois », me chuchota-t-elle.

J'avais été invité à Versailles pour un colloque sur le « Dieu caché des Évangiles » et nous entamions la première de trois journées, avalant tout ce que la ville royale pouvait nous offrir de statues équestres, de déesses aux cuisses de marbre et d'angelots rieurs. Les façades de pierre rosée devant lesquelles nous passions avaient vu s'avancer vers elles des seigneurs faisant claquer leurs bottes sur le pavé des cours, des valets vêtus aussi richement que leurs maîtres et peut-être même des reines. Avec une attention extrêmement fine — du type de celle qu'ont les enfants quand ils jouent avec des jouets invisibles — on aurait pu entendre leurs voix anciennes, captives des pierres tendres, se croiser et se répondre. J'aurais pu avoir un haut-le-cœur devant la vierge aux meringues, mais je ne voyais vraiment que Louise Amour. Son visage vers lequel je me tournais sans cesse engloutissait tous les autres visages peints ou réels. Sa présence avait ce nimbe lumineux dont sont dotées les saintes. Les belles leçons de sagesse mâchées dans l'enfance et la pensée étonnée de la mort qui parfois me traversait n'y pouvaient rien : tout était constamment aspiré par ce nimbe, comme l'eau par le siphon d'un lavabo. Plus rien n'existait que ce qui — tissu de vêtement ou amorce d'un songe — touchait à Louise Amour.

Deux, trois fois par semaine, elle m'appelait. Je venais aussitôt. J'avais en moi autant de force qu'un meurtrier chaque fois que je sonnais à la porte de son appartement parisien. Ma décision était irrévocable et j'aurais violemment écarté quiconque aurait prétendu m'empêcher d'entrer dans cette maison où m'attendait mon idole. J'arrivais à bout de souffle : il me semblait avoir couru pendant toutes les heures, nuits comprises, où je ne l'avais pas vue — comme courent, à s'en faire éclater le cœur, les tout-petits au-devant du soleil, d'un animal ou de leur mère. À l'instant où je redécouvrais le visage de Louise Amour, je pouvais enfin me reposer. Ce visage était ma demeure, même quand une contrariété venait l'incendier : tout ce que manifestait Louise Amour était bon. Je n'avais là-dessus aucun doute : j'avais souvent vu passer dans ses yeux une bonté furtive, comme un lézard de neige. Sa gloire ne pouvait être que sans tache et son indifférence à tout autre qu'elle-même, quand elle était patente, me semblait être le diadème de sa beauté.

Ce soir, au colloque, je parlerais de l'« essence féminine des Évangiles ». Ce texte était conçu comme une lettre d'amour destinée à Louise Amour et à elle seule, assise dans le public. Si les livres saints me plaisaient toujours, c'était parce que je pouvais détourner le cours de leurs paroles et, juste avant qu'elles atteignent Dieu, courber leur trajectoire afin qu'elles filent vers le visage de

Louise Amour et s'enflamment en traversant le bouclier de son sourire.

Le soir je lus un texte où il était question « des mères se tenant debout entre Dieu et l'enfant ». Ce texte comportait vingt-six feuillets. De feuillet en feuillet Dieu s'éloignait tandis que les jeunes mères — toutes ayant l'adorable visage de Louise Amour — grandissaient en lumière. Elle méritait un tel hommage. Sa manière songeuse de relever la mèche éternellement tombante sur le front de Santal, ou son écoute, souriante et soucieuse à la fois, des doléances de ses interlocuteurs, les plus petits détails chez elle me bouleversaient et me persuadaient de sa bonté. Je fus applaudi pendant plusieurs minutes. Un éditeur s'approcha de moi et me proposa de faire un livre à partir de cette communication. Je lui présentai Louise Amour. Le mot m'échappa : « Voici mon âme. »

Mon âme portait la marque de Louise Amour comme un document officiel porte, gravé dans sa chair de papier, le cercle du tampon administratif qui, comme la foudre, s'est abattu sur lui. C'est une chose étrange que l'âme, à peine une chose, une vitesse, une lenteur, un élan, un grain de lumière sur une chaise de paille, un soupir de nouveau-né dormant, l'ombre d'un oiseau sur la soie d'un étang, trois fois rien, et lorsqu'on perd ce trois fois rien, c'est sans douleur, et sans presque s'en apercevoir. Il est d'ailleurs plus simple de vivre sans ce petit caillou de rien du tout dont on ne sait pas à quoi il sert, sinon à nous faire boiter dans le monde : son absence nous rend soudain plus séduisant, plus habile, mieux salué.

Le lendemain je retournai visiter l'église avec Louise Amour. Bientôt paraîtrait mon troisième livre qui, de façon à peine voilée, ne parlerait que d'elle. J'étais devenu son scribe, son prophète, celui qui la contemplait dans son envol vers la lumière, dans sa progression vers le ciel infiniment plus rapide que celle de la vierge aux meringues. Nous étions dans la ville des rois et dans la maison de Dieu. Je tenais par la main celle qui, sans avoir besoin de rien faire, les surclassait tous.

Le pré nous apparut alors que nous marchions depuis une heure déjà dans l'ombre moite des grands arbres de cette forêt proche de Vézelay. Il était séparé de nous par un fossé de boue sèche et une barrière barbelée. Plus que ces obstacles qu'un enfant aurait su franchir, ce qui nous retint d'aller vers lui fut le sentiment tragique de la grâce : une lumière en jaillissait, faite de milliers de boutons-d'or et d'autant de papillons aux ailes blanches flottant comme une vapeur au-dessus de cette fournaise. Ainsi sans doute les agonisants voient-ils Dieu apparaître soudain devant eux, proche et absolument hors de portée.

Ce pré appartenait à ces endroits qui, dans le monde, ne sont plus du monde. Le ciel vient y heurter la terre et ce genre de rencontre est toujours signée par une plaie franche d'où sourd

— comme le sang d'une gorge tranchée — une clarté aveuglante. J'avais découvert la même clarté deux jours auparavant, dans les yeux ordinairement ternes du buraliste près de chez moi, qui venait d'enterrer son fils. Il se tenait en fin d'après-midi sur le seuil de sa boutique, fumant une cigarette. J'avais répondu à son salut sans m'attarder mais j'avais eu le temps de voir le couteau de la douleur enfoncé dans son âme : le manche vibrait encore. C'était la même surnaturelle vibration que je retrouvais dans ce pré abandonné, enchâssé dans la forêt ombreuse. Un merle chanta. À chaque note, il faisait tomber Bach par terre. Je restai un long temps pétrifié de joie devant le pré. De gros nuages blancs filaient dans le ciel. Je pouvais presque voir la main qui les avait modelés. « On sent quelqu'un de très généreux derrière ce ciel bleu, vous ne trouvez pas ? » demandai-je à Louise Amour. Elle ne répondit pas. Tout autour de nous, dans l'herbe du chemin, je vis soudain de minuscules violettes. Le Christ est en croix dans toutes les fleurs des champs, parce qu'il est la vie même. « Attention, dis-je à Louise Amour, nous marchons sur des agneaux bleus ! » Elle tourna vers moi de grands yeux étonnés.

Nous allions chez un ami de Louise Amour, propriétaire d'un château. Je n'avais plus envie de marcher : la beauté de ce pré me rassasiait. Pourquoi vouloir plus que la stupéfiante lumière des jours sans histoire ? Chaque tête de bouton-d'or pénétrait dans mon cœur rouge comme un clou de tapissier et chaque papillon blanc entrait et sortait de ma poitrine aussi aisément que s'il avait passé une fenêtre ouverte. J'étais comme sorti de tout sentiment. Je pensais à l'impatience des vivants, au calme des morts et à la dure joie cachée dans cette vie et dévoilée dans l'incendie de ces fleurs : une flambée pour rien, pour personne sinon pour Dieu même. Pour la première fois depuis des mois je ne pensais plus à Louise Amour. Elle le sentit et, parce qu'elle ne supportait pas d'autre soleil qu'elle-même, fut immédiatement jalouse de ce bijou d'herbes, de feu et de fleurs — et de l'attention que je lui portais. « Pressons le pas, me dit-elle, nous avons encore du chemin à faire. » Nous continuâmes notre marche en silence, elle devant moi, écartant d'une main ferme les petites branches des arbres et les relâchant sans précaution, moi, derrière, tâchant de ne pas être giflé par les branches cinglant l'air.

Ce qui advient dans le visible n'est qu'un effet — parfois très retardé — de ce qui s'est auparavant passé dans l'invisible. Louise Amour avait autour d'elle, en permanence, une douzaine d'anges. De la tête aux pieds qu'ils avaient nus, en passant par leurs ailes et leurs robes, ils étaient rouge feu, de la même teinte que la cape que Louise Amour portait en hiver. Ces anges cramoisis volaient autour de la jeune femme comme des phalènes autour d'une lampe. Ils l'encourageaient, la fortifiaient, la conseillaient, n'hésitaient pas à faire le coup de main à sa place. La gloire du pré, cette insurrection de la matière montant vers le ciel comme une prière, avait réveillé en moi une paix qui ne devait rien à Louise Amour, qui peut-être même était contraire à ses intérêts. Pendant un instant, une joie m'était venue dont elle n'était pas la cause : ses anges avaient aussitôt connu leur défaite. L'injure subie — car c'était sans aucun doute une injure que de détourner, ne fût-ce qu'une seconde, ses yeux de leur reine — avait enragé leurs petites âmes, donnant cet air fermé au visage de Louise Amour, comme si sa chair avait eu soudain la fermeté du bois. Tout visage est une porte et la même porte, selon l'instant où on la pousse, peut donner sur le paradis ou sur l'enfer. Rien ne fut dit car rien ne fut pensé. Nous nous enfonçâmes dans la forêt, silencieux, traversant des clairières, coupant des routes.

Enfin le visage de Louise Amour se rouvrit, elle se tourna vers moi et, rayonnante, me montra le château dans le creux d'un vallon. Il me fallut pour bien le voir dépouiller le mot « château » de son enveloppe cossue, l'extraire de la boîte dans laquelle, entouré de papier de soie, on avait l'habitude de le ranger. Je ne vis ni tours, ni meurtrières, plutôt un solide corps de ferme entouré d'une muraille, elle-même ceinturée par une étendue d'eau noire. Un pont-levis, baissé, permettait d'entrer dans la grande cour. « Mon ami n'est pas informé de notre visite. Je souhaiterais le voir seule. Attendez-moi là. Je n'en ai pas pour longtemps. » Je la laissai aller, la vis traverser d'un pas ferme le pont-levis, tendant les bras à quelqu'un que je ne pouvais apercevoir.

J'accompagnais Louise Amour un peu partout dans le monde. Habitué à ce genre de situation, j'emportais toujours un livre pour éclairer une attente dont la durée était souvent indéterminée. Ce jour-là, j'avais choisi — sachant où nous devions aller et m'amusant du parallèle — *Le château intérieur* de Thérèse d'Ávila. J'en pinçais pour cette sainte. J'aimais son bon sens. Sur la porte du paradis, il est écrit : « bon sens ».

J'aimais aussi sa bravoure, sa fermeté et sa manière de prendre Dieu à la gorge. La violence des saints me semblait comparable à celle des tout-petits qui s'agrippent aux jupes de leur mère, greffant leurs mains au tissu, se laissant traîner, sans qu'on puisse les en décrocher avant qu'ils aient obtenu ce qu'ils voulaient. Ainsi les saints s'accrochaient-ils à Dieu, le harcelant non pour eux-mêmes mais pour ce qui, en chacun de nous, naufragé dans le monde, luttait pour ne pas y périr. Je m'assis sur l'herbe au bord de l'eau noire et je lus : « Considérer notre âme comme un château fait tout entier d'un seul diamant ou d'un très clair cristal, où il y a beaucoup de chambres. » Les nuages dans le ciel ralentissaient leur allure au-dessus du livre, pour mieux lire par-dessus mon épaule. Une grenouille plongea, chassée de sa méditation par le bruit d'une page trop sèchement tournée.

Cinq doigts roses aux ongles vernis se posèrent tout à coup sur une phrase, la pincèrent, la soulevèrent et tout le livre avec. L'œuvre de Thérèse d'Ávila fut arrachée à mes mains, vola sur deux mètres puis tomba dans l'eau saumâtre. Le visage de la sainte flotta quelques instants, souriant face au ciel puis, avec l'eau qui rentrait dans les fibres du papier, devint gris et gonflé. Enfin il coula.

Louise Amour était debout devant moi, furieuse, me dominant. Ses anges rouges, tournoyant comme des toupies, avaient poussé la main de Louise Amour jusqu'au livre et l'avaient persuadée de le jeter à l'eau — noyant ainsi sa plus dangereuse rivale. Je ne me levai pas tout de suite.

Je regardai Louise Amour là-haut et son visage empanaché par une colère qui m'apparut mystérieusement être la plus belle preuve d'amour. Son geste insensé, barbare, me soumit définitivement à elle. Ses anges bouillant de fureur esquissèrent un sourire. « Le château est merveilleux, nous y retournerons un autre jour, voir les paons qui s'y trouvent. Il y en a sept, sans compter le maître des lieux », me dit-elle pour m'amuser et effacer un peu de la scène précédente. Nous reprîmes le même chemin qu'à l'aller. J'étais si heureux d'avoir Louise Amour à mes côtés, je ne pensais plus qu'à ce bonheur. Nous passâmes devant le pré aux milliers de boutons-d'or. Le jaune solaire des fleurs et le blanc séraphique des papillons semblaient vidés de leur éclat, comme recouverts par une gaze : les anges de Louise Amour nous avaient précédés. Une bataille éclair avait été livrée. Je l'avais perdue. Thérèse d'Ávila ne pouvait m'être d'aucun secours. Il ne me restait plus qu'à continuer de vivre, dans la vie apparente, les conséquences de ma défaite dans la vie éternelle.

La Vierge aux anges rouges disparaissait parfois plusieurs semaines de suite, sans me donner de ses nouvelles. Je devenais alors comme fou, mais un fou très calme, silencieux, presque un sage.

Je disposais en pile devant moi, sur la table de la cuisine, des carnets de toutes les couleurs. À la fin de chaque jour d'absence de Louise Amour je prenais le carnet au-dessus de la pile, je le remplissais de mots jusque tard dans la nuit, et c'était comme verser un vin précieux dans un verre sans fond. Louise Amour, quand je ne pouvais la voir, devenait plus haute qu'une cathédrale. Son absence jetait de l'ombre sur tout, comme si une géante avait recouvert de ses jupons la terre entière — villages, routes et projets. Quand elle revenait, je voyais son teint hâlé et ses yeux rieurs. Je ne lui reprochais rien, pas même en pensée. Je la remerciais au contraire silencieusement de m'avoir abandonné, de m'avoir laissé dans une épreuve que finalement, avec de l'encre et du papier (comme font les enfants après le départ soudain de leur mère dans la pièce à côté), j'avais changée en grâce. J'offrais mes prières de papier à la déesse de chair. Elle prenait son temps pour les lire. Elle prenait son temps pour tout.

Quand elle avait lu un carnet, elle le rangeait dans une enveloppe de papier brun, grand format, sur laquelle elle écrivait la date du jour où je le lui avais offert. Je négligeais toujours ce genre de détail, n'ayant qu'une faible conscience du temps. J'avais vécu ailleurs, dans un monde délivré des calendriers. Ma vie portait en elle ce mélange de précision et d'incertitude qui fait la trame des rêves : je pouvais me souvenir sans défaut du velours noir de la gorge d'un corbeau entrevu une seconde, il y a un an, dans un pré, et j'étais incapable de retrouver les visages de ceux qui, durant l'enfance interminable, avaient avec moi partagé les mêmes bancs d'école. Tout se passait comme si je n'avais jamais eu pour compagnie réelle que des fleurs tachées de ciel, des oiseaux timides et des livres comme des buissons ardents. C'était cet univers-là dont je faisais, par mes écritures, l'offrande à Louise Amour. Le trésor de ma solitude, tout ce que pendant des années j'avais médité, contemplé, guetté, je le jetais dans ces carnets où mon cœur enflammait chaque mot comme un bâton d'encens.

Louise Amour eut bientôt trente carnets, puis quarante, puis cinquante. « J'en ai déjà deux coffres pleins, me dit-elle. Vous ne pouvez savoir combien, lorsque je suis lasse de moi-même et de tous, j'ai plaisir à monter dans le grenier de Vézelay où sont cachés les coffres, et à feuilleter un carnet : vos mots me brûlent le sang. Il s'élève d'eux un parfum comme je rêverais d'en inventer. » Quand Louise Amour me parlait ainsi, c'était comme si elle me versait un panier de violettes dans le crâne. En vérité, il n'y avait dans mes carnets que le visage peint à la feuille d'or de Louise Amour, transfiguré, lavé des poussières du monde. Sans doute mes écrits contenaient-ils quelque feu, mais ce n'étaient que des flambées hallucinatoires, des néants incendiaires, des bûchers de rien qui s'embrasaient. J'étais fasciné par la passion que je concevais pour Louise Amour, et c'était ma propre fascination qu'elle aimait : nous étions comme deux miroirs l'un en face de l'autre.

Chacun de nous est fait pour une seule chose et cette chose, quand il l'accomplira, le contiendra en son entier, mieux qu'un cercueil. J'étais fait pour adorer. J'avais été élevé pour ce sacre dont j'inventais la couronne d'encre et de papier.

J'étais comme dans un conte où les horloges n'avaient plus d'aiguilles : je voyais moins mes amis, mes visites chez mes parents s'espaçaient, j'avais trouvé un travail qui me laissait beaucoup de temps, j'en étais à mon quatrième livre publié, les semaines, les mois tombaient comme des feuilles mortes et tout cela n'avait strictement aucune importance. Il m'arrivait ce qui arrive aux drogués : j'étais devenu la marionnette de mon propre manque. Le nom de Louise Amour était entré en moi, s'était faufilé au bout de mes doigts, s'était enfoncé dans mon cou et faisait depuis tourner ma tête et battre mes petites mains de bois verni.

Près de l'endroit où j'habitais, il y avait un canal et, éparpillées le long de ce canal, des maisons d'éclusier jadis peintes à l'aquarelle, bleues et roses, aujourd'hui défraîchies et fermées, pillées par les rôdeurs et les pluies. Ma vie était semblable à ces maisons humides aux vitres cassées, aussi vides qu'un œuf à la coque après qu'on en eut raclé tout l'intérieur. Dans un autre siècle, on eût dit de moi que je perdais mon âme. Mais comment faire autrement ? Je donnais ma vie à manger à Louise Amour. Il n'était pas question d'en rien garder pour moi.

Dans la langue impatiente du vingtième siècle, dans cette langue bruissante de vulgarité et de prétention, le mot « âme » et tous les mots qui se serraient autour de son feu, dont il était le berger, resplendissaient de n'être plus jamais réveillés. Dans un sens, c'était mieux ainsi : le destin de l'âme était d'être ignorée, de même que celui du Christ était d'être tué. L'âme n'était pas plus que l'air qui rentre dans nos poumons, ou le silence qui brûle à l'intérieur des roses en bouton. C'était pour protéger ce rien d'air et de silence que j'avais, dans mon enfance, élevé autour de lui une muraille de livres. Louise Amour, sans effort, avait abattu cette muraille, percé l'armure de ma sauvagerie, et je me retrouvais désormais à ses côtés dans des musées, des salons, badinant, papotant, trahissant tous mes secrets. Il lui avait suffi un jour de rejeter ses cheveux en arrière et de me dire, avec une voix somnambulique, comme on parle en pensant à autre chose : « Vous savez, quand j'étais petite, j'habillais mes poupées avec des pétales de roses. » Depuis j'étais captif d'une petite couturière de roses à qui il était impensable de refuser quoi que ce soit.

Parfois cependant un nerf se vrillait en moi, une impatience se levait. Rien de grave : toute vie est dans son fond inépuisable. Un sommeil de plusieurs jours, une prière d'une seconde, un rai de lumière transperçant l'enveloppe grisâtre du cerveau, et la vie la plus perdue se redresse et se cambre, éclatante, printanière, le brin d'herbe de l'espérance entre les dents. Il m'arrivait de désespérer de Louise Amour, de nos rendez-vous furtifs, de ces gens qui lui faisaient une cour à laquelle elle ne se dérobait pas franchement, de son sourire qu'elle m'abandonnait lorsque je la pressais trop, comme on laisse filer une écharpe entre les mains d'un fâcheux, pour mieux s'enfuir. J'aurais aimé vivre chaque jour et chaque nuit à ses côtés. Je ne lui en parlais pas. Elle avait répondu à ma demande sans que j'aie besoin de la formuler, disant un jour : « on ne devrait se marier que sur son lit de mort », puis éclatant de rire. Je devenais parfois sombre, coléreux — comme si j'avais laissé un peu de la laine de ma douceur dans sa barrière. Je la quittais alors en secret, je coupais tous les fils qui me reliaient à elle, les subtiles et arachnéennes attaches du goût et de l'habitude. Ces fils invisibles, tranchés par la lame de ma lassitude, n'avaient pas le temps de pourrir : ils se reformaient aussitôt et je revenais, rajeuni, docile, vers Louise Amour qui n'avait rien remarqué de ma désertion. J'étais alors le plus doux des chevaliers servants : un homme qui se délivre de ses humeurs découvre le paradis et le fait découvrir aux autres.

J'allais parfois la voir dans son laboratoire, là où elle rêvait devant son orgue à parfums et composait de nouveaux jus. Je m'asseyais à un angle opposé à son bureau et je la regardais réfléchir, ouvrir des flacons, mélanger des essences, prendre des notes sur son cahier de formules. Les jours d'été, assise à son bureau, jambes croisées, elle me montrait, échappé du berceau de sa sandale et se balançant dans le vide, un adorable pied nu en pâte d'amande rose. Une telle vision effaçait tous mes ressentiments. Ce petit pied enfantin absorbait sur ses doigts, sur ses ongles, sur son talon, sur chaque millimètre carré de sa peau et, par endroits, légèrement veinée, toute la lumière des siècles.

À chacun de ses balancements, il expédiait mon âme, ou ce qui m'en restait, dans le parfait néant de ce que j'avais jugé définitivement « sans importance ».

« J'ai une surprise pour vous ce matin, me dit Louise Amour : nous allons voir mes sœurs en Touraine. » Je m'enchantai de ce voyage décidé en une seconde, et je traversai les paysages de Touraine en rêvant à de multiples reflets vivants de Louise Amour. Enfin nous arrivâmes et elle éclata de rire : aucune maison devant nous, personne en vue. Nous nous trouvions à l'entrée d'une roseraie dans laquelle, de tous côtés — des murets, des massifs, des arbres, des margelles —, coulait sans fin une avalanche de roses. « Voici mes petites sœurs », me dit Louise Amour en me désignant d'un geste ample la roseraie avec ses milliers de pensionnaires penchées les unes contre les autres pour des confidences angéliques. « Vous allez me tromper avec toutes ! » ajouta-t-elle, coquette. Je me tournai vers elle, aveuglé par tant de beauté, souriant : « Non, car je vous retrouverai dans chacune. »

La roseraie était bâtie en labyrinthe. Au centre, une maison de bois où nous décidâmes de nous retrouver pour boire un thé : pendant que je flânerais dans le dédale parfumé, Louise Amour irait dans le village voisin, passer commande de roses de Mai, matière première indispensable pour une parfumeuse. Je m'avançai donc seul entre deux haies d'aubépine dont les petites fleurs pourpres me roussirent l'âme comme si je me faufilais entre deux murailles de braise. J'arrivai sur une place au centre de laquelle un massif de roses d'un beige rosé, semblable à celui du ventre des biches, exhalait un parfum de pêche. Je restai quelques minutes en extase devant la montagne de lumière parfumée.

« Le merveilleux chez les roses, c'est que, de leur vivant, elles ne montrent leur cœur à personne. » Celle qui venait de prononcer cette parole avait surgi d'un feu de roses. Elle était comme l'amande de ce feu. Les roses cramoisies creusaient autour de son corps la niche en velours rouge d'une sainte. Par son port, la noblesse ensauvagée de son visage, cette jeune femme à la stupéfiante chevelure argentée faisait éclater la niche, affichant son appartenance à un ordre qui ne devait rien aux conventions esthétiques ou religieuses — et tout à la foudre. Elle avait des traits comme ceux, frémissants de vie sauvage, que Carpeaux savait couler dans la nuit bosselée du bronze. Au grand tablier de jardinier qui était noué autour de sa taille, je compris que j'avais affaire à la rosiériste. Ses bras brunis par le soleil étaient couverts de cicatrices rosâtres, traces d'écorchures. La terre noire qui luisait sous ses ongles semblait passer dans son sang et colorer ses yeux : le regard fauve qu'elle me lança alors que je m'approchais d'elle me fit chanceler. Je pensai : « Les loups sont des notables à côté de cette femme. »

Sans plus se soucier de moi, la rosiériste s'agenouilla devant un massif où de nombreuses fleurs courbaient leurs têtes, comme chiffonnées entre les doigts d'un ange impatient. Elle en cueillit une, puis se releva et me la montra : une rose énorme, éclatée de chaleur dont le cœur de taffetas mauve, déchiré, dévoilait son trésor d'étamines dorées. Elle hocha la tête : « La vieillesse est une merveille qui n'intéresse personne, comme un chef-d'œuvre dans un musée où personne n'irait. » Puis elle émonda un rosier proche, glissa quelques fleurs — les plus lumineuses — dans la profonde poche de son tablier et ajouta : « Les hommes ont tort de redouter la mort : repousser la mort, c'est repousser le dessert. » Encouragé par l'étrangeté inouïe de ses paroles, je lui confiai que j'étudiais la théologie. Elle ne dit rien, sembla même m'oublier d'un seul coup, s'accroupit devant un rosier de roses thé dont, à mains nues, elle remua la terre pour l'aérer. Je ne savais plus que faire. Je m'apprêtais à partir quand elle se releva et, avec une vivacité animale, se retourna vers moi : elle portait la bonté sur son visage comme les saints qui tiennent leur cœur dans leurs mains, à l'extérieur d'eux-mêmes. Elle me montra une rose : chaque pétale semblait retroussé par l'ongle d'un sculpteur invisible, travaillant une matière de buée, de chair ou de nuage. « La théologie est inutile. Chaque rose est un livre saint. Elle ouvre le cœur de celui qui le lit. Vous êtes ici dans la plus belle bibliothèque du monde. » Elle avança dans les allées, tournant la tête à gauche, à droite, jetant un coup d'œil sur chaque fleur, attentive aux premiers signes de maladie ou de brûlure. Je m'enhardis et lui dis combien je trouvais beau de voir quelqu'un passer sa vie à soigner des fleurs. « Ce serait plus beau si j'avais une fille et que j'étais en train de la coiffer », me répondit-elle calmement en faisant sauter les aiguillons d'une rose avec le pouce. « Quand les enfants sont bons, les saints sont battus à plates coutures. » Notre rencontre, je le sentais, arrivait à son terme. Dans l'air, sous mes yeux, des questions possibles bourdonnaient comme des hannetons. Vite, j'en attrapai une, sans choisir. Est-ce que son travail lui laissait un peu de temps pour elle ? La réponse tomba, foudroyante : « Je n'ai pas de vie personnelle. Dieu m'a tiré ma vie de sous mes pieds, comme un tapis. »

Chaque parole de la rosiériste me sonnait comme un boxeur. Celle-ci me renversa : « Le parfum des parfumeurs, c'est l'âme volée des fleurs. On devrait l'interdire aux belles dames et l'utiliser uniquement pour laver les clochards et les agonisants. » Je reculai d'un pas sous l'effet de cette parole comme si j'avais été piqué par une abeille. La radicalité de ces propos faisait venir devant moi le pur visage de Louise Amour et me donnait envie de le défendre. Je demandai à la rosiériste, d'un ton railleur, depuis quand elle était prophète. Elle me regarda, impassible. Elle me fixa longtemps en silence, les yeux plissés, comme si j'avais été un hiéroglyphe, puis : « Les gens, quand je leur parle, je vois presque leur sang. Le vôtre c'est du feu, mais attention : il est sur le point de s'éteindre. » Puis elle rangea son sécateur dans la poche ventrale de son tablier comme on rengaine un poignard d'argent niellé. Elle tourna les talons, disparut. Avec cette dernière parole, elle avait coupé mon esprit à sa racine et l'avait emporté avec elle.

Beaucoup de temps avait passé et il me semblait avoir entendu autant de paroles qu'il y avait de roses dans la roseraie : impossible de les retenir toutes. Elles venaient d'un fonds commun, essayaient de porter au jour, en variant les angles et les sujets, la même pensée profonde, décisive peut-être — mais je ne trouvai pas laquelle. Je rejoignis Louise Amour dans la maison de bois. Elle venait d'y arriver. « Alors, me demanda-t-elle, avec combien de roses m'avez-vous trompée ? — Avec une seule dont j'ignore le nom, mais ne vous inquiétez pas : ce fut une trahison angélique. »

« J'ai de l'appétit pour mille ans », me dit Louise Amour, et ses yeux, plantés dans les miens, se mirent à briller, fiévreux, comme si on lui avait lancé à la figure un verre rempli de lumière.

Nous étions dans la campagne proche de Vézelay, cheminant dans ces douceurs ocre et vert qui avaient enfanté une basilique orgueilleuse. Louise Amour me précédait, comme toujours. Pour me dire cette parole elle s'était brusquement retournée. Les visages sont des cadrans solaires. Il y a une heure où le cadran est vierge d'ombres, midi tapant en plein dans le demicercle. Le visage de Louise Amour, nimbé par le bleu du ciel, venait d'atteindre cette heure de gloire, trempée de soleil et d'assurance de soi. Cette heure signe toujours la défaite du ciel et si la terre y resplendit, c'est comme une petite boule de métal froid, roulant sans bruit dans le néant des espaces : il n'y a plus que la force des choses et des caractères, et rien derrière, plus que le visible comme un grand corps un peu bête, envahissant tout et perdant, par une minuscule blessure, tout son sang surnaturel. Dieu, quand il circule à son aise sous la peau d'un visage, quand il s'y multiplie par les étroits sentiers des veines, fait monter dans les yeux de ce visage un brin de nostalgie, une retenue, une pudeur. Il donne aux chairs qu'il frôle l'éclat sourd de la neige — tout le contraire de cette bruyante lumière des volontés.

« Oui, j'ai autant de projets qu'une ruche a d'abeilles », insista Louise Amour, aspirant dans le cône de la prunelle de ses yeux le bleu pesant du ciel d'été, un bleu plus dur que du noir. Nous étions en route pour fêter son avenir aux mille abeilles d'or, nous allions dans ce château où elle m'avait déjà mené et où elle avait, devant moi et avec mon consentement, noyé Thérèse d'Ávila. On y fêtait ce soir le succès confirmé de *Madone*. « Mais au fond, tout ça m'est égal. Ce qui compte pour moi, c'est que vous soyez là. Vous êtes ma part de pureté », me dit-elle. Elle était heureuse ce jour-là, si être heureux c'est s'assourdir et éclabousser le monde de sa force, comme les petits enfants qui, plongés droit dans un bain, certains de leur royaume, fouettent ardemment l'eau, accablant leur entourage de gerbes d'étincelles.

Par instants, pour souligner certains de ses propos, elle agitait à la barbe du ciel une poignée de marguerites glanées ici et là, dans les champs traversés. Soudain, pour avoir les mains libres et ouvrir la barrière d'un pré, elle prit les fleurs entre ses dents. Revint à ma mémoire (elle y monta et s'y ouvrit comme un nénuphar aux racines boueuses) la carte postale qu'elle m'avait offerte un soir où, las de la voir sourire à tous ses courtisans, je m'apprêtais à la quitter. Elle avait flairé mon dépit et elle l'avait arrêté en posant sur mon front sa petite main de velours. Puis, après m'avoir donné cette monnaie de douceur, pour plus de sûreté, elle avait cueilli pour moi une image épinglée au-dessus de son lit, un détail du printemps de Botticelli : on y voyait une femme vêtue d'une robe coupée dans une matière aussi transparente que l'air pur. De sa bouche entrouverte coulait une rivière de fleurs des champs. « Tenez, m'avait dit Louise Amour. Prenez, c'est moi. » J'avais aussitôt serré cette image dans un portefeuille. Je l'en sortais de temps en temps et je la contemplais, troublé à chaque fois par ce visage penché en avant, offert, aurait-on dit, au premier venu, et par ces yeux de porcelaine un peu vides, comme si toute l'intelligence de cette femme s'était portée dans l'effort de cracher des fleurs, de vomir de la lumière. Cette image était immédiatement devenue pour moi une image pieuse. Ce m'était un réconfort de la voir et même, simplement, de la toucher — comme font les enfants avec leurs dieux de caillou qu'ils mettent au fond de leurs poches.

Nous arrivions devant le château. C'est avec son visage à demi mangé par les marguerites que Louise Amour franchit le pont-levis, moi la suivant, portant entre mes mains la traîne invisible de son triomphe. Le propriétaire l'attendait au milieu de la cour pavée, bras grands ouverts. Elle s'avança vers lui, fourra les soleils jaune et blanc des marguerites entre ses bras puis éclata de rire, lançant au ciel son âme heureuse et insouciante, comme au tir on lance ces assiettes en plâtre qu'un tireur aux aguets pulvérise en dizaines d'éclats blancs. Le rire de Louise Amour fit surgir des ailes du château des hommes et des femmes qui se précipitèrent vers elle. Je m'éloignai de cet essaim.

Une bouteille de grand vin rouge était ouverte sur un rebord de fenêtre. Le soleil tombant se fracassait dessus. Je trouvai un verre et me servis. Un parterre de pensées donnait au château une ceinture intérieure céleste, doublant celle, funèbre, des douves noires. L'œil, en touchant le velours des pétales, s'y enfonçait comme un doigt. Parfois il suffit de regarder une seule petite chose pour découvrir Dieu caché au fond comme un enfant craintif. Les paroles appellent, les visages fascinent, les gestes aimantent et soudain tout ce complot du visible échoue, à la vue d'une fleur si pauvre, si proche de la terre qu'il faut presque s'agenouiller pour bien la voir et méditer sa leçon de silence. Je regardai ces fleurs passionnément, une par une, jusqu'à ce que la tête me tourne. « Mon prochain livre sera tout entier sur vous. Ce sera un livre de louanges », avais-je promis à Louise Amour au cours de notre promenade. Elle n'avait rien répondu, juste souri. Je nourrirais ce livre avec ce que la terre avait de plus beau : ces fleurs y entreraient donc, elles serviraient à leur façon, humble, la grâce de Louise Amour.

Quelqu'un me prit par la taille. C'était Louise Amour momentanément libérée de ses chevaliers servants. « Puisque vous semblez apprécier ce qui brille, suivez-moi, je vais vous montrer des diamants bien plus étonnants. » En face du pont-levis, de l'autre côté de la cour, il y avait une grange. Elle servait de buffet pour ce soir. Louise Amour m'y conduisit, captura sans ralentir son allure un morceau de pain, poussa du pied une porte au fond de la grange, donnant sur une cour plus petite, couverte de gazon. Sept paons s'y promenaient, quatre mâles et trois femelles, indifférents les uns aux autres. « Je désespère de les voir faire un jour la roue, me confia Louise Amour. Chaque fois que je viens ici ils sont comme ça, presque ternes, avec leurs queues repliées comme des oriflammes mouillées, collées par le vent. » Je la trouvai injuste et lui fis remarquer que, même ainsi, les paons étaient pour des yeux affamés de beauté la générosité même : leurs ocelles — ces « diamants » qu'elle voulait me montrer — étaient bien visibles et rien que le bleu nuit de la gorge des oiseaux (en y passant un doigt, il semblait qu'on l'eût irrémédiablement taché de ce pigment) avait de quoi affoler le cœur le plus blasé par les spectacles de ce monde. Elle en convint. Puis la fête nous sépara. Des amis, qui voulaient goûter à la présence de Louise Amour, réclamaient gaiement leur dû. Tous ces gens me faisaient penser aux moineaux corrompus des grandes villes, familiers des terrasses de café, se jetant à plusieurs sur les miettes tombées à terre. Le sourire de Louise Amour, son attention légère étaient ce pain sans cesse émietté et sans cesse recomposé.

J'errai ici et là. La nuit d'été, royale, descendait sur mon cœur comme une neige noire. Un vent frais emportait la gaieté des voix. Les flammes tremblantes de chandeliers prophétisaient la faiblesse merveilleuse de nos vies. Un homme s'approcha de moi. Il me tendit une assiette de conversation : elle contenait de quoi nous nourrir trente secondes, après quoi je le vis reprendre l'assiette. Il n'y avait rien à attendre de telles soirées. Il n'y avait jamais eu une âme dans le monde. J'entrai dans le château, montai un escalier, découvris l'asile parfait : une bibliothèque. J'ouvris plusieurs livres, comme on pousse plusieurs portes — un coup d'œil suffisant pour voir ce qu'il y avait derrière. Je m'arrêtai devant une édition ancienne des Évangiles. Je lus à voix haute. Je lus avec ce qui en moi, à cette heure et sans que j'en sache la raison, était misérable, angoissé, espérant. Chaque parole du Christ m'apportait une étoile, enflammait une part sèche de mon cœur. Il y eut du bruit du côté des paons, pas loin d'ici, mais je n'y fis pas attention. Je lisais de plus en plus len-

tement avec une voix de plus en plus forte. J'étais
au bord de tout trouver, je le sentais — comme
à ce jeu de cache-cache, quand celui qui est
dissimulé entend les pas puis le souffle de celui
qui le cherche. C'était moi l'enfant caché, et
c'étaient ces paroles qui s'approchaient de moi
de plus en plus et qui allaient bientôt me dire,
me faisant éclater le cœur de joie : « trouvé ! ».
Quelqu'un entra dans la bibliothèque, une jeune
femme en larmes, essoufflée : on venait de découvrir Louise Amour dans l'enclos des paons,
morte d'un arrêt du cœur. À l'instant je ne vis
plus aucun livre, plus aucun visage, je ne sentis
plus rien. Les dernières paroles que j'avais adressées à Louise Amour, après avoir admiré avec elle
la voûte étoilée, revinrent tinter à mes oreilles :
« Y a-t-il au ciel assez d'étoiles pour vous, ou
voulez-vous que j'en rajoute quelques-unes ? »
Elle avait souri à ce blasphème sans rien dire. À
présent sa mort me répondait en jetant à terre
tous les astres du ciel. Mon immobilité m'était
presque douce. Il me sembla que des gens bou-
geaient autour de moi, que certains me parlaient.
Je ne répondais rien, pétrifié : la mort venait de
faire tomber à mes pieds un lustre de cristal de
mille tonnes, étincelant.

L'annonce de la mort de Louise Amour avait éteint mon cœur, comme on jette un tissu de soie noire sur la cage où chantait un oiseau, le faisant taire d'un seul coup.

La vie — mais est-ce vraiment la vie ? — nous colle au monde, nous pousse en avant comme dans une file d'attente serrée, la main d'un parent (ou d'un géant) se pose sur notre épaule et nous presse de conquérir chaque centimètre carré laissé vide par celui qui nous précède. La mort si diffamée, quand elle explose tout près de nous (comme peuvent exploser les bourgeons du magnolia), nous fait sortir du rang, force notre cœur et en expulse tout ce qui l'encombrait. Nous voici calmes, rajeunis comme après une averse, debout au bord d'une tombe ouverte, à regarder le monde suivre son cours, sans nous.

La nuit où je m'enfonçais depuis la mort de Louise Amour était une nuit plus éclairée que le jour. J'y voyais le néant de nos volontés, de nos opinions et de nos soucis. Pendant un an je ne fus occupé que par cette vision et j'assistai, fasciné, à la chute jour et nuit de milliards de flocons de neige noirs. Je travaillais, je parlais, je mangeais, je lisais mais ce n'était pas moi qui travaillais, parlais, mangeais, lisais. C'était mon ombre ou plutôt l'habitude d'être une ombre parmi les ombres dans une société guère plus consistante que les décors en trompe l'œil des théâtres. La neige noire qui ensevelissait le monde adoucissait les angles des maisons, atténuait les éclats des voix dans les rues, faisait resplendir les feuillages des arbres d'un brillant de charbon et de diamant. Je l'aimais. J'aimais cette matière invisible à tout autre que moi qui simplifiait mon cœur et ma vue.

Je ne voyais plus les gens de l'entourage de Louise Amour. Ils s'étaient dispersés comme des moineaux après un jet de pierres. Nous avions été épris du même soleil et ce soleil était aujourd'hui enfoncé dans la terre du plus ancien cimetière de Vézelay, là où le temps, plus sage que nous, efface peu à peu les inscriptions sur les tombes. L'Éternel s'en moque, qui connaît nos vrais noms.

Était-ce l'effet de cette neige ? Tout ce qui depuis la mort de Louise Amour s'approchait de moi m'arrivait sec, vidé, exténué comme après un trop long voyage. Les événements du monde, tambourinant comme une grêle sur le papier des journaux, semblaient du radotage. La Bible ou les vieilles chroniques des historiens avaient déjà noté pareilles choses. Le monde n'avait jamais rien eu de neuf. Il venait de la nuit et il y retournait. Seules émergeaient de la neige noire quelques chapelles miraculeusement blanches : les petites dents coupantes des enfants de trois ans, la toison bouclée — comme un océan de vaguelettes blanches — des agneaux dans les prés, la mie de pain avec laquelle, enfant, pendant que mon père coupait ma viande dans mon assiette, je façonnais des soldats et des anges, les paroles du Christ dans la Bible qui, bien qu'imprimées en noir, avaient la sourde luminosité des métaux chauffés à blanc — et la tombe de Louise Amour, aveuglante de blancheur dans un cimetière où les dalles, les croix, les pierres effondrées du mur d'enceinte, les herbes folles et même les lézards étaient recouverts de neige noire, semblaient sculptés dans le silence de cette matière.

J'allais souvent appuyer ma pensée sur la pierre tombale de Louise Amour. Je ne cherchais pas à sauver ce qui était perdu. La mort ne pouvait être mon ennemie. Bergère aux yeux de nuit, elle veillait à maintenir la distance entre le monde et moi, et me ramenait ainsi, avec une bonté brutale, à la première sauvagerie de l'enfance. Je cherchais seulement à recueillir ce qui, vivant, réel, brûlant, n'avait pu être étouffé par la neige et ne le serait jamais. Or ce que j'avais adoré le plus avait disparu le plus vite : la voix de Louise Amour dont, un an après, je ne me souvenais plus du grain. Il me resta quelque temps encore la gaieté qui planait sur cette voix, un ton d'insouciance enjouée flottant au-dessus du monde comme les vapeurs du vin au-dessus du vin. Puis cette joie et le souvenir de cette joie s'éteignirent.

Comme on fouille dans les gravats d'une maison effondrée avec l'espoir de retrouver un bijou, je passai mes journées à remuer des images et des paroles anciennes, à secouer la neige qui les enveloppait et à les étudier de près, dans l'espérance de voir la vie resurgir. Je ne trouvai rien. Les visages que je soulevais tombaient à l'instant en poussière, les paroles dont je me souvenais, sans pourtant avoir changé, étaient devenues cassantes et sèches comme un roseau vidé de sa moelle. Je pensai même que, dans cette maison de Vézelay, où je n'avais plus accès, les coffres renfermant mes lettres à Louise Amour, si on les avait ouverts, n'auraient montré chacun qu'une petite montagne de neige douce, extrêmement douce et noire.

C'était à l'instant précis où des employés des pompes funèbres impeccablement graves, parfaites incarnations du froid du monde plus pénible que la mort même, avaient lentement fait glisser sur le visage éteint de Louise Amour une lourde gomme de chêne ciré, effaçant à jamais du monde visible tous les traits qui avaient suscité mon adoration, c'était à cet instant précis que l'âme de Louise Amour s'était réjouie, délivrée de l'épuisant devoir de plaire. Depuis, elle voguait entre terre et ciel, aussi insaisissable que l'aigrette du pissenlit, détachée par un souffle d'enfant du corps creux de la fleur.

Je vivais dans un monde où il était souvent question des corps et de leurs énergies, rarement des âmes. Jouir était le mot d'ordre de ce monde, son but, son rêve, son ciel. Quand les gens s'assemblaient pour une fête quelconque, un éclat de lumière brutal courait sur leurs visages, comme une petite bête noire sur une pierre qui l'eût jusque-là cachée. La puissance de ce monde était grande. Elle ne trouvait de vraie limite que dans la mort : le monde venait de tout son élan se briser contre le bois d'un cercueil, comme l'océan infatigable voit ses plus hautes vagues éclater contre les roches impassibles d'une falaise. J'étais jaloux des morts : ils avaient été poussés dans le grand livre des enluminures et n'avaient même plus besoin de lire pour déchiffrer le texte de la vie, collés qu'ils étaient aux lettres, intégrés, enchâssés dans ce texte. Devenir mort, c'était devenir vrai. Face à un cercueil exposé devant l'autel, à l'église, les hommes marmonnaient au micro quelques anecdotes sur le disparu, ajoutaient une prière pour faire le poids, puis s'en retournaient vite à leurs affaires. Le mort, pour se nourrir dans son voyage vers l'au-delà, devrait se contenter de cette poignée de mots aussi secs que des raisins ou des cacahuètes d'apéritif. La vérité d'une âme eût pourtant été passionnante à dire. Nul besoin de longs discours ornés, il aurait suffi de compter, sur la souche de l'arbre abattu, les cercles de la lumière. Mais on se contentait de passer une main distraite sur l'écorce, et si malgré tout il y avait plus de vérité dans un enterrement que dans un mariage ou que dans toute autre célébration, on le devait au travail du mort dans son cercueil, à sa manière princière — eût-il été un lâche ou un salaud — d'imposer silence et respect à tous ceux qui étaient là, à ses pieds, soudainement calmés par un Dieu auquel ils ne pensaient jamais. La mort donne à chacun une couronne imméritée : c'est ainsi et c'est parfait.

Une parole de la rosiériste, que j'avais entendue mais pas comprise, s'avança vers moi comme un navire transportant dans ses soutes du blé, du vin et des animaux exotiques, se glissa dans la baie étroite de mon oreille, descendit le canal jusqu'à mon cœur et, là, devant le quai de muscle rouge, jeta l'ancre. En descendit un matelot qui portait une lettre et me la tendit. Je l'ouvris et lus : « Dieu, c'est le contraire de ce que prétendent les gens : ils disent qu'il n'existe pas, alors qu'il n'y a que lui qui existe. » Pas la peine de se tourner vers La Mecque ou de s'agenouiller devant un autel : cette parole suffisait comme boussole. Les saints que j'avais lus avec application m'avaient tous montré du doigt la même chose que j'avais fait mine de ne pas comprendre. Le pouvoir des livres n'est pas si grand : un crâne qui parle et qu'on peut faire taire en un instant, faisant claquer une mâchoire contre l'autre et rangeant le tout sur une étagère, à côté d'autres crânes. La mort, sublime enseignante, me montrait la même chose que je ne pouvais plus éviter de voir : il n'y a pas d'autre grâce que le réel. Tout ce que nous rêvons nous éloigne de Dieu donc de nous-même — Dieu n'étant rien d'autre que le meilleur de nous. J'avais cru aimer Louise Amour et sans doute avait-elle cru faire de même avec moi, mais je commençais à voir que c'étaient nos images qui avaient dansé dans les bras l'une de l'autre, pas nos personnes. Il y avait eu deux Louise Amour : la vraie qui avait nourri, veillé et soigné son enfant, et dont Dieu, à l'heure actuelle, comme un diamantaire de la place Vendôme, pesait l'âme, évaluait les carats. Et il y avait celle qui était sortie de ma faim, de ma solitude, du vertige que me donnait une mère mélancolique, envahissante et lointaine, jamais là. Au dix-neuvième siècle, une danseuse étoile, Anna Pavlova, avait eu des admirateurs si fervents qu'un jour ils s'étaient procuré un de ses chaussons, l'avaient cuit et mangé en public. Ils avaient aussi, un autre jour où elle revenait dans un fiacre de l'Opéra à son hôtel, détaché les chevaux et pris leur place. J'avais moi aussi connu un tel amour idolâtre, dévoré un chausson de danseuse et pris la place d'un cheval. J'avais moi-même inventé le ballet dont j'avais été le spectateur ébloui.

Il faut perdre pour apprendre et j'apprenais beaucoup. La vie cache les vivants. Elle les soûle, elle les empêtre dans mille liens futiles, elle les remplit comme des épouvantails avec la paille des soucis ou le papier chiffon des projets. Arrive la mort — ou la grâce d'une épreuve sans issue imaginable — et l'épouvantail brûle en une seconde : du feu surgit un vivant absolu, une personne non encombrée d'elle-même ni infestée par le monde, un tout petit éclat bleuté du grand vitrail de Dieu — une âme. La mort est le repère des repères, l'étoile du Nord. Sans elle, la conscience est perdue. On avait enterré à grand bruit le corps de Louise Amour mais on avait négligé de recueillir son âme. Je la cherchais. Sa force, sa beauté, sa douceur, son succès, son charme, son assurance, tout cela n'avait été en elle que pour plaire au monde et avait péri avec lui. Demeuraient les visions d'une Louise Amour fatiguée, presque lasse, écoutant quand même les doléances d'un interlocuteur et trouvant soudainement le mot ou le geste qui délivraient une vraie paix, indiquaient une issue. Trois fois rien, des miettes d'attention pure. C'était peu mais ce peu avait la puissance invincible de la bonté. Je fermai les yeux. Les cadeaux que nous font les morts sont innombrables. Louise Amour avait tenu mon cœur quelques secondes entre ses mains de l'autre côté de la vie. Elle l'avait placé sous une cascade d'eau glacée. Il me revenait lavé de toutes ses images — sauf une : Louise Amour un jour surprise dans sa cuisine, décoiffée, un tablier à carreaux élimé autour de la taille, préparant à manger pour les siens. Il y avait devant elle, sur la table, un petit peuple coloré et gai de carottes, d'oignons et de petits pois. Ses mains voletaient autour des légumes comme des oiseaux autour de bijoux illuminés par une petite flamme intérieure. L'ange de la fatigue se tenait pensivement à sa droite, tandis qu'à sa gauche l'ange du souci grignotait le croûton d'un pain frais. Tous deux contemplaient, émerveillés, Louise Amour épluchant une pomme de terre. La peau descendait en spirale épaisse sur la table, découvrant à l'envers de sa surface brune la nudité humide et lumineuse de la chair — et c'était comme si Louise Amour, oublieuse d'elle-même, rayonnante de n'être occupée qu'à servir les siens et mille fois plus belle que quand elle voulait l'être, avait délicatement coupé la peau rugueuse du quotidien pour faire apparaître, lentement, cérémonieusement, l'illumination de l'éternel. Pendant quelques secondes Louise Amour ne connut pas mon regard sur elle. La pomme de terre, plus qu'à demi défaite de la nuit terreuse de son enveloppe, brillait comme un lingot d'or entre ses mains. La mort aujourd'hui me redonnait cette icône pauvre qui effaçait toutes les autres.

C'était la bonté de Louise Amour qui m'avait sorti de ma cage de papier, m'arrachant à une solitude qui menaçait de m'étouffer, et c'était cette même bonté que le monde, par la lumière de ses fêtes, avait peu à peu obscurcie. Aujourd'hui elle seule restait. Il n'y a de vivant que les âmes et, en chacune d'elle, ce quartz éblouissant de la bonté.

Le monde fait grossir les âmes. Il leur enlève leur souplesse, leur grâce, leur rapidité. La mort les fait maigrir en une seconde, et les revoilà jeunes et fraîches, revenues dans ce printemps qui est leur vrai pays.

Le sourire de Louise Amour avait été un point rayonnant fixe dans la nuit du monde. La terre l'avait englouti. Il était à deux mètres de moi quand j'allais au cimetière, réfléchir devant sa tombe. S'il brillait encore dans les ténèbres, ce n'était plus que comme une lampe usée dont le flux de lumière ne dépassait plus sa source : une clarté moins vive que celle d'une luciole et peut-être plus rien, voilà ce qu'était devenu ce sourire pour la contemplation duquel, il y a quelques mois, je me serais damné.

Enfant, j'avais trouvé dans la cour de ma maison un oiseau mort. Je l'avais enfermé dans une grosse boîte d'allumettes que j'avais enfouie dans la terre. Deux ans plus tard j'avais rouvert la tombe miniature et j'avais pris dans la paume de ma main la petite église romane d'os et de corne : un squelette en parfait état, aux os délicatement articulés les uns aux autres, semblable à une armure dont le petit guerrier ailé se serait dépouillé pour voler plus vite encore, de victoire en victoire, dans l'invisible. Dans le cercueil de Louise Amour, il n'y avait rien de plus que dans la boîte d'allumettes et ce n'était pas de ce côté-là qu'il fallait regarder. Je me remis au travail — à ce travail qui ne me valait aucun salaire mais que Dieu dès mon plus jeune âge m'avait donné : voir. Ouvrir les yeux sur un monde dont l'apparence était sombre et la substance lumineuse.

En mourant, Louise Amour avait emporté avec elle le ciel ancien, comme un vieux rideau auquel elle se serait agrippée dans sa chute. Le Dieu qui à présent m'apparaissait ne ressemblait pas à l'idole des érudits, sculptée dans le marbre aveuglant des belles phrases. Il ne devait rien non plus au Dieu complice des amoureux — ce valet de comédie. Le Dieu qui m'apparaissait aujourd'hui seul vivant était un mélange inflammable d'air et d'esprit. L'imprévu était sa loi. L'événement était son épée. Il la faisait passer entre nous et le monde, ouvrant un couloir d'air, inventant une distance, un espace, là où il n'y en avait plus. Tout lui était bon pour nous atteindre : le râle d'un agonisant comme le pépiement d'un moineau, la pauvreté d'un ciel comme la splendeur d'une enluminure. Je revins à la basilique. Les restes de Marie Madeleine étaient exposés dans une châsse portée de chaque côté par trois sculptures : un évêque, un ange, un apôtre. Ce beau monde piétinait. Évêques, anges et apôtres faisaient du surplace depuis neuf siècles, bloqués dans leur avancée par la muraille de la basilique. Je dis adieu à ces empêtrés. Sur mon retable intime, désormais nettoyé, il n'y avait plus qu'un mongolien, un vieillard visionnaire et une petite fille abandonnée.

Je voulus revoir le pré que j'avais découvert avec Louise Amour, ce brasier de boutons-d'or et de papillons. Je m'enfonçai dans la campagne de Vézelay. Il y a quelque chose dans la vie qui ne s'arrête jamais et traverse la mort comme un cercle de papier blanc, sans ralentir ni modifier son allure. Je marchais sans hâte. Un écureuil m'accompagna quelques minutes dans un sous-bois avec des bonds légers comme de la crème Chantilly, apparaissant et disparaissant à travers le feuillage comme le fil argenté que la couturière fait aller dans un tissu. Je ne retrouvai pas le pré. La merveille ne revient jamais avec le même visage. Je m'arrêtai dans une lande couverte de genêts dont les fleurs volaient vers le ciel, à grand-peine retenues par leurs fines tiges. Tout était relié par des fils de cristal : le ciel impassible, les pétales jaunes des genêts, les grands couloirs d'air chaud et les mains des anges pesant sur mes paupières. La grâce était partout avant d'être en moi. Je m'allongeai, dormis quelques minutes, puis je revins sur mes pas.

Je le découvris me faisant face sur un chemin : un paon, sans doute échappé du château voisin. Il faisait la roue et occupait assez d'espace entre deux haies pour m'empêcher d'aller plus loin. Les anges dans la Bible arrêtaient ainsi les hommes trop occupés d'avancer — sans plus savoir vers quoi ou vers qui. Le chemin montait : la rosace me dominait comme un soleil à son zénith. Elle était vivante. Les plumes dans leurs extrémités de cils se courbaient autour de la petite tête de plomb indifférente de l'oiseau, puis elles se redressaient et se courbaient à nouveau, ainsi sans fin. Les ocelles s'éloignaient et se rapprochaient les uns des autres. C'était comme si Dieu me tendait, déplié en éventail, un jeu de cartes plus flamboyant que tous les vitraux de la cathédrale de Chartres, où figuraient des anges dont les grands yeux bleus, verts et or me fixaient.

D'abord pétrifié, stupéfait par le fardeau du ciel qui lui tombait dessus — des dizaines de lunes et de soleils peints sur l'éventail surnaturel dont chaque branche était enfoncée dans sa chair — le paon se mit à trépigner, entamant sur place une petite danse rageuse. Derviche empanaché d'yeux, il tourna au ralenti sur lui-même, faisant l'offrande à tous les points cardinaux — comme pour s'en débarrasser — de la roue secouée de son centre à sa périphérie par une fièvre qui faisait bruire son plumage, comme un feuillage tourmenté par le vent. Le porteur de lumière semblait terrifié par la merveille qu'il incarnait. Le paradis lui était tombé dessus et l'avait anéanti. Il n'avait pas choisi de porter l'arc-en-ciel dans sa chair, pas plus que le Christ n'avait choisi la place du sans-tache. C'était le ciel qui décidait. Le paon soudain lança un cri, accusant le sort qui lui était fait, le malheur d'incarner l'invisible et de donner à voir, accrochés sur ses plumes, les joyaux de l'Éternel. Ce cri déchira les ondes de calme qui se déployaient, concentriques, du bord de la roue au fin fond du ciel, là où le Dieu sauvage se terre.

Je lisais dans le grand livre emplumé, enluminé d'or, d'azur et de vert. Il était inépuisable — un recueil de louanges adressées à personne, une confidence de Dieu à Dieu, la pure rosace du réel nettoyée des ombres du sentimentalisme et de la passion ténébreuse. J'eus une seconde l'envie folle de me jeter au travers de la roue de pierres précieuses, comme si plus rien ne me séparait de l'invisible — des morts avec l'attention qui plisse leurs fronts et des anges que nos distractions désolent — que cette vibrante cloison de plumes en feu.

L'oiseau sembla se fatiguer. Ses plumes retombèrent en arrière, soumises à la pesanteur, prêtes à redevenir une traîne de souillon, balayant la rouille des chemins. Il inspira alors chacune de ses pennes d'un long frisson, redressant la rosace saturée de couleurs. Les ocelles accoururent à nouveau vers moi du fond de l'infini, éclatant à la surface de mes yeux, se recomposant aussitôt. Ce mauve ecclésial, ce violet velouté, ce brun sablonneux, ce vert de mousse, ce demi-cercle éclairé par des yeux comme un papier troué par des zones de brûlure, toute cette abondance s'ouvrait en éventail pour rien — et ce rien, à cet instant du mois de mai, était le nom secret de Dieu et de sa grâce, vers nous, en vain, tendue.

DU MÊME AUTEUR

Aux Éditions Gallimard

LA PART MANQUANTE (« Folio », n° 2554).

LA FEMME À VENIR (« Folio », n° 3254).

UNE PETITE ROBE DE FÊTE (« Folio », n° 2466).

LE TRÈS-BAS (« Folio », n° 2681).

L'INESPÉRÉE (« Folio », n° 2819).

LA FOLLE ALLURE (« Folio », n° 2959).

DONNE-MOI QUELQUE CHOSE QUI NE MEURE PAS. *En collaboration avec Édouard Boubat.*

LA PLUS QUE VIVE (« Folio », n° 3108).

AUTOPORTRAIT AU RADIATEUR (« Folio », n° 3308).

GEAI (« Folio », n° 3436).

RESSUSCITER (« Folio », n° 3809).

L'ENCHANTEMENT SIMPLE et autres textes. *Préface de Lydie Dattas.* (« Poésie/Gallimard », n° 3360)

LA LUMIÈRE DU MONDE. Paroles réveillées et recueillies par Lydie Dattas (« Folio », n° 3810).

LOUISE AMOUR (« Folio », n° 4244).

Aux Éditions Fata Morgana

SOUVERAINETÉ DU VIDE (repris avec LETTRES D'OR en « Folio », n° 2681).

L'HOMME DU DÉSASTRE.

LETTRES D'OR.

ÉLOGE DU RIEN.

LE COLPORTEUR.

LA VIE PASSANTE.

UN LIVRE INUTILE.

Aux Éditions Lettres Vives

L'ENCHANTEMENT SIMPLE. (repris avec LE HUITIÈME
   JOUR DE LA SEMAINE, L'ÉLOIGNEMENT DU MONDE
   et LE COLPORTEUR en « Poésie/Gallimard »).
LE HUITIÈME JOUR DE LA SEMAINE.
L'AUTRE VISAGE.
L'ÉLOIGNEMENT DU MONDE.
MOZART ET LA PLUIE.
LE CHRIST AUX COQUELICOTS.

Aux Éditions du Mercure de France

TOUT LE MONDE EST OCCUPÉ (repris dans « Folio », n° 3535).

Aux Éditions Paroles d'Aube

LA MERVEILLE ET L'OBSCUR.

Aux Éditions Brandes

LETTRE POURPRE.
LE FEU DES CHAMBRES.

Aux Éditions Le Temps qu'il fait

ISABELLE BRUGES (repris dans « Folio », n° 2820).
QUELQUES JOURS AVEC ELLES.
L'ÉPUISEMENT.
L'HOMME QUI MARCHE.
L'ÉQUILIBRISTE.

Livres pour enfants

CLÉMENCE GRENOUILLE.
UNE CONFÉRENCE D'HÉLÈNE CASSICADOU.

GAËL PREMIER ROI D'ABÎMMMMMME ET DE MOR-
   NELONGE.
LE JOUR OÙ FRANKLIN MANGEA LE SOLEIL.

   Aux Éditions Théodore Balmoral

CŒUR DE NEIGE.

COLLECTION FOLIO

Dernières parutions

3894. André Dhôtel — *Idylles.*
3895. André Dhôtel — *L'azur.*
3896. Ponfilly — *Scoops.*
3897. Tchinguiz Aïtmatov — *Djamilia.*
3898. Julian Barnes — *Dix ans après.*
3899. Michel Braudeau — *L'interprétation des singes.*
3900. Catherine Cusset — *À vous.*
3901. Benoît Duteurtre — *Le voyage en France.*
3902. Annie Ernaux — *L'occupation.*
3903. Romain Gary — *Pour Sgnanarelle.*
3904. Jack Kerouac — *Vraie blonde, et autres.*
3905. Richard Millet — *La voix d'alto.*
3906. Jean-Christophe Rufin — *Rouge Brésil.*
3907. Lian Hearn — *Le silence du rossignol.*
3908. Kaplan — *Intelligence.*
3909. Ahmed Abodehman — *La ceinture.*
3910. Jules Barbey d'Aurevilly — *Les diaboliques.*
3911. George Sand — *Lélia.*
3912. Amélie de Bourbon Parme — *Le sacre de Louis XVII.*
3913. Erri de Luca — *Montedidio.*
3914. Chloé Delaume — *Le cri du sablier.*
3915. Chloé Delaume — *Les moufflettes d'Atropos.*
3916. Michel Déon — *Taisez-vous... J'entends venir un ange.*
3917. Pierre Guyotat — *Vivre.*
3918. Paula Jacques — *Gilda Stambouli souffre et se plaint.*
3919. Jacques Rivière — *Une amitié d'autrefois.*
3920. Patrick McGrath — *Martha Peake.*
3921. Ludmila Oulitskaia — *Un si bel amour.*
3922. J.-B. Pontalis — *En marge des jours.*
3923. Denis Tillinac — *En désespoir de causes.*
3924. Jerome Charyn — *Rue du Petit-Ange.*

3925. Stendhal — *La Chartreuse de Parme.*
3926. Raymond Chandler — *Un mordu.*
3927. Collectif — *Des mots à la bouche.*
3928. Carlos Fuentes — *Apollon et les putains.*
3929. Henry Miller — *Plongée dans la vie nocturne.*
3930. Vladimir Nabokov — *La Vénitienne* précédé d'*Un coup d'aile.*

3931. Ryûnosuke Akutagawa — *Rashômon* et autres contes.
3932. Jean-Paul Sartre — *L'enfance d'un chef.*
3933. Sénèque — *De la constance du sage.*
3934. Robert Louis Stevenson — *Le club du suicide.*
3935. Edith Wharton — *Les lettres.*
3936. Joe Haldeman — *Les deux morts de John Speidel.*
3937. Roger Martin du Gard — *Les Thibault I.*
3938. Roger Martin du Gard — *Les Thibault II.*
3939. François Armanet — *La bande du drugstore.*
3940. Roger Martin du Gard — *Les Thibault III.*
3941. Pierre Assouline — *Le fleuve Combelle.*
3942. Patrick Chamoiseau — *Biblique des derniers gestes.*
3943. Tracy Chevalier — *Le récital des anges.*
3944. Jeanne Cressanges — *Les ailes d'Isis.*
3945. Alain Finkielkraut — *L'imparfait du présent.*
3946. Alona Kimhi — *Suzanne la pleureuse.*
3947. Dominique Rolin — *Le futur immédiat.*
3948. Philip Roth — *J'ai épousé un communiste.*
3949. Juan Rulfo — *Llano en flammes.*
3950. Martin Winckler — *Légendes.*
3951. Fédor Dostoievski — *Humiliés et offensés.*
3952. Alexandre Dumas — *Le Capitaine Pamphile.*
3953. André Dhôtel — *La tribu Bécaille.*
3954. André Dhôtel — *L'honorable Monsieur Jacques.*
3955. Diane de Margerie — *Dans la spirale.*
3956. Serge Doubrovski — *Le livre brisé.*
3957. La Bible — *Genèse.*
3958. La Bible — *Exode.*
3959. La Bible — *Lévitique-Nombres.*
3960. La Bible — *Samuel.*
3961. Anonyme — *Le poisson de Jade.*
3962. Mikhaïl Boulgakov — *Endiablade.*

3963. Alejo Carpentier   *Les Élus et autres nouvelles.*
3964. Collectif   *Un ange passe.*
3965. Roland Dubillard   *Confessions d'un fumeur de tabac français.*
3966. Thierry Jonquet   *La leçon de management.*
3967. Suzan Minot   *Une vie passionnante.*
3968. Dann Simmons   *Les Fosses d'Iverson.*
3969. Junichirô Tanizaki   *Le coupeur de roseaux.*
3970. Richard Wright   *L'homme qui vivait sous terre.*
3971. Vassilis Alexakis   *Les mots étrangers.*
3972. Antoine Audouard   *Une maison au bord du monde.*
3973. Michel Braudeau   *L'interprétation des singes.*
3974. Larry Brown   *Dur comme l'amour.*
3975. Jonathan Coe   *Une touche d'amour.*
3976. Philippe Delerm   *Les amoureux de l'Hôtel de Ville.*
3977. Hans Fallada   *Seul dans Berlin.*
3978. Franz-Olivier Giesbert   *Mort d'un berger.*
3979. Jens Christian Grondahl   *Bruits du cœur.*
3980. Ludovic Roubaudi   *Les Baltringues.*
3981. Anne Wiazemski   *Sept garçons.*
3982. Michel Quint   *Effroyables jardins.*
3983. Joseph Conrad   *Victoire.*
3984. Emile Ajar   *Pseudo.*
3985. Olivier Bleys   *Le fantôme de la Tour Eiffel.*
3986. Alejo Carpentier   *La danse sacrale.*
3987. Milan Dargent   *Soupe à la tête de bouc.*
3988. André Dhôtel   *Le train du matin.*
3989. André Dhôtel   *Des trottoirs et des fleurs.*
3990. Philippe Labro/   *Lettres d'amérique.*
      Olivier Barrot   *Un voyage en littérature.*
3991. Pierre Péju   *La petite Chartreuse.*
3992. Pascal Quignard   *Albucius.*
3993. Dan Simmons   *Les larmes d'Icare.*
3994. Michel Tournier   *Journal extime.*
3995. Zoé Valdés   *Miracle à Miami.*
3996. Bossuet   *Oraisons funèbres.*
3997. Anonyme   *Jin Ping Mei I.*
3998. Anonyme   *Jin Ping Mei II.*
3999. Pierre Assouline   *Grâces lui soient rendues.*

Composition Imprimerie Floch
Impression Novoprint à Barcelone,
le 08 août 2005
Dépôt légal : août 2005
Numéro d'imprimeur :

ISBN 2-07-030980-0 / Imprimé en Espagne.